全民阅读精品文库

陈雄

著

诗意的错觉

中国言实出版社

图书在版编目（CIP）数据

诗意的错觉 / 陈雄著 . -- 北京：中国言实出版社，
2018.6

（当代实力派作家美文精选集 / 凌翔，汪金友主编）
ISBN 978-7-5171-2813-7

Ⅰ . ①诗… Ⅱ . ①陈… Ⅲ . ①散文集－中国－当代

Ⅳ . ① I267

中国版本图书馆 CIP 数据核字（2018）第 127742 号

责任编辑： 李　琳
出版统筹： 李满意
插图提供： 荷衣蕙
排版设计： 叶淑杰
　　　　　　严令升
封面设计： 戴　敏

出版发行　中国言实出版社
　　　　　　地　　址：北京市朝阳区北苑路 180 号加利大厦 5 号楼 105 室
　　　　　　邮　　编：100101
　　　　　　编辑部：北京市海淀区北太平庄路甲 1 号
　　　　　　邮　　编：100088
　　　　　　电　　话：64924853（总编室）　64924716（发行部）
　　　　　　网　　址：www.zgyscbs.cn
　　　　　　E-mail：zgyscbs@263.net
经　　销　新华书店
印　　刷　三河市金元印装有限公司
版　　次　2018 年 6 月第 1 版　　2018 年 6 月第 1 次印刷
规　　格　710 毫米 ×1000 毫米　1/16　13 印张
字　　数　180 千字
定　　价　49.80 元　　ISBN 978-7-5171-2813-7

散文的气质

红孩

每一个人都不是孤立存在的，他需要社会的滋养。社会就是人群之间的往来，既然人与人之间有往来，就必然会有人与人之间的评价。评价一个人，标准很多，可以用小家碧玉，也可以用大家闺秀，最简单的方法就是用好人和坏人区分。这在二十世纪六七十年代的电影中处处可以看到。而事实上，这世界的芸芸众生，哪里有那么多的好人和坏人，好人和坏人是相对的，就大多数人而言，基本属于不好不坏的人。

生活中，我们对一个人的外表评价，通常爱用"气质"这个词。譬如，形容某个女人漂亮，常用气质高雅；形容某个男人有修养，喜欢用气质儒雅。由此可见，气质这个词是人们所需要的，也是男女可以通用的。查现代汉语词典，对气质的解释有两种：一是指人的相当稳定的个性特点，如活泼、直率、沉静、浮躁等，是高级神经活动在人的行动上的表现；二是人的风格和气度，如革命者的气质。很显然，我们一般选择的是后者，前者过于确定，不过后者也让人感觉到是属于不好定义的那种。

同样，我们看一篇文学作品，往往也会从作家的文字中读出其人与文的气质。这就是所谓的文如其人。以我的见识，人和文在很多的时候并不一致。一个文弱的书生，他的气节和人格可能是刚硬的。鲁迅个头不足一米六，可谁能说鲁迅不高大呢？不管怎样，我们看一个人的作品总会很自然地和这个人的人品联系在一起。所以，我们在研究一个人的作品时，往往会从作家的社会性和作品的艺术性两个方面来考证。近些年，社会价值取向多元化，人们对过去的人和事也变得宽容起来，像过去被封杀被长期边缘的作家作品逐渐走向人们的视野，这些作品甚至如日中天地成了一段时间的文学主流。文学的艺术性与社会性，是不可割裂的，过于强调哪一方面都会失之偏颇。

　　散文也是如此。我们说一篇散文的优劣得失，其评价体系也很难绕开艺术性和社会性。当然，如果是风景描写的那种游记作品，就另当别论了。即使是风景描写，也不完全超脱于当时的社会背景，如《白杨礼赞》《茶花赋》《荷塘月色》《樱花赞》等。假设我提出鲁迅、冰心、朱自清、杨朔等作家的作品具有散文的优秀气质，不知会不会有人站出来反对？我想肯定会有的。据我所知，有相当多的一些作者，始终坚持散文的艺术性，而不愿提作品的社会性，似乎一提到社会性就是和政治挂钩。

远离政治，已经成为某些作家的信条。前几年，周作人、林语堂等二十世纪二三十年代的作家突然走红，就是被这类人追捧的结果。以我个人而言，我对散文创作的路数是提倡百花齐放的，风花雪月与金戈铁马都可以成为作家笔下的文字。我们不能说写花鸟鱼虫、衣食住行就题材窄、格局小，就缺少散文的气质。有的作家倒是常把江河万里挂在嘴边，可其文章味同嚼蜡，一点散文的味道都没有，更谈不上散文的气质。

我理解的散文的气质，首先是文字的朴素、洁净，如果一篇散文连这一点都做不到，就很难有别的作为了。这就如同我们看到一个衣衫不整的人，他怎么可能有好的气质呢？然后，作品的内容要更多地承载读者所要获取的知识、信息、情感、思想的含量。第三，在写作技巧上，要发掘出生活的亮色，特别是能在所见的人与物中悟出人生的道理和对世界的看法，且能熟练地运用修辞手法和文章的结构方法。第四，文章的意境要高拔出常人的想象与思维，具有超越时代的精神高度。第五，要做到内容和形式的统一，其内外气场要打通，要浑然一体，有霸王神弓那种气派。有了这些，还不够，一篇好的散文必须与社会相结合，要得到广大读者的认同与共鸣。这个社会的认同，光是一时的认同还不行，它还必须是超越时代的，像我们读《岳阳楼记》那样，要能产生"先天下之忧而忧，后天下之乐而乐"那样的人生思想境界，这才算真正地具有了散文的气质。

　　散文的气质是不可确定的，不同的作家创作了不同的作品，其气质也是不尽相同的。气质是最让人捉摸不定的东西，它像风又像雨，很难用数字去量化。大凡这种捉摸不定的东西，恰恰是审美不可回避的问题。艺术的美是感悟出来的，即我们常说的艺术就是感觉。在这里，我们也可以把散文的气质说成散文的气象，气象可以是眼前的，也可以是未来的。我喜欢"气象万千"这个成语，它如果作用于散文，那就是散文是可以多样的。一篇优秀的散文一定有着不同寻常的气质，拥有了这个气质，你就能鹤立鸡群，就能羊群里出骆驼。

（作者系中国散文学会常务副会长）

目　录

第一辑：鸿爪东西

乡村的读书时光

看到今天的中小学生被如山的作业压得喘不过气，还要在双休日疲于奔命地穿梭于花样繁多的补习班，小小年纪就戴上了瓶底厚的近视镜，我不由无限怀念起乡村的读书时光。

我就读的村小叫红庙小学。

那时，小学只有两排红砖砌成的简陋房子，当然不会有围墙。学校操场旁边即是一处叫"金角湾"的大池塘，我在那里钓起过一只一斤多重的甲鱼，怕它咬手，眼睁睁看它逃走。

午休下课后，我们从教室里蜂拥而出，到"金角湾"洗脸。一棵如同大人腰粗的褐皮老柳树，弯弯扭扭地在清澈的水面上，横卧成一处天然的跳板。那是我们的必争之地，洗脸的时候，免不了在上面推推搡搡、嬉笑打闹，但印象里，好像从来没有同学失足落水过。

最喜欢校园初夏的时光。

学校周围种了很多柳树，柳絮如小鸭的白绒毛在操场上空乱舞，一直飞进教室飘到课本上。趁老师转身到黑板上写字的时候，我将书页一合，就夹住了一片。听大人说，柳絮可以止血。有一次，我的手被削铅笔的小刀划伤，血流不止，我将课堂上积攒的一团柳絮敷上，伤口马上神奇地血止痛消。

午睡的时候，我从家中带来一条麻袋，铺到课桌下面睡觉。然而总是睡不着，老师已经伏在讲桌上熟睡，我们几个小鬼，蹑手蹑脚从教室的后门钻出，向学校后面木工师傅朱大爷家奔去。

我们惦记着朱大爷屋后的桑葚呢！

朱大爷家的桑葚树是全村最大的桑葚树，每年结的桑葚又多又大。趁朱大爷不在家，我们攀上桑树，飞快地摘着那些又大又黑的桑葚，用玻璃瓶子装了，再飞奔回教室。抱着胜利果实，卧在粗糙的麻袋上，麻袋紧贴地面，凉凉的，小小的心狂跳，甜蜜无比。桑葚颗颗饱满，呈紫黑色，一碰就流出汁水，丢入口中，又酸又甜，口舌生津，只不过在吃完后，双手和双唇也会染上紫黑色。

有一次，我吃完桑葚忘记了到"金角湾"洗脸和洗手，竟将老师吓了一跳。

那是我喜欢的语文老师李老师。

上课时他见我双唇乌青，以为我病得厉害，连忙走下讲台关切地用手摸我的额头，以为我发烧或者生了疟疾。几个同伙在后面窃笑，李老师看我手指乌黑，立即明白了怎么回事。

自然，我们受了一番轻描淡写的训斥，因为没有好好午睡。至于摘桑葚这件事，李老师没有追究，在乡野之地，小孩子摘别人屋后的几颗桃子或者田里的一根黄瓜，根本不能算"偷"。这个刺眼的字，老师绝不会轻易地安在我们头上。

总之，那时候，我们对老师谈不上怕，但也不敢怠慢。

老师教完了课还要回家忙农活，似乎和我们务农的父母没什么两样。

很多时候，在野外，我就和李老师各牵着一头牛相遇，李老师不觉得在学生面前放牛丢了脸面，也从不问我家庭作业做了吗之类的问题，只是亲切地微笑着，倒是我有些局促，脸上有些发烧，低头喊一声"李老师"，我的牛和他的牛擦身而过。

不怕老师，更不怕考试。

那时候学校并不依据考试排名，分快班、慢班。学校经常要我们将桌子搬到教室外考试。只要不下雨，考场都设在一大片杉树林里。在林子里考试，可以算得上一种享受。林子里清幽宜人，鸟雀在树上跳来跃去、嘤鸣流转，冷不丁，"啪"的一声，洁白的试卷，就被它们盖了一个戳——撒下一泡鸟粪，还带着热热的体温。鸟儿的自在顽皮，颇像那时的我们。

现在想来，那一段乡村的读书时光，本是一种天然的乡村教育，里面有很多东西早已渗进我的血液，至于具体是什么，健康清新的自然情怀，乐天知命的智慧洒脱，还是一种无形的道德浸染？所谓大音希声、大象无形、大道无名，我一下子也难以说清，反正，早年的乡村教育对我一生影响深远。

乡村看戏

中秋过后，菱藕熟了，花生收了，橘子黄了，甘蔗甜了，谷子归仓了，农人们闲下来了。乡村里走动的人多起来。每到这时，就有草台戏要上演了，这是乡村的节日，也是乡村孩子的节日。

当大人们用水杉、毛竹搭戏台的时候，某村要唱戏的消息就不胫而走了，即使唱戏的地点隔家几里路远，小孩子总是先头部队，戏还未开演，只有锣鼓造声势的时候，大人们稀稀落落，小孩们却已是满场追跑了。

大人看戏，我们小孩看热闹，只知道他们唱的是家乡的花鼓戏，听大人们讲得多了，我才知道《秦香莲》里的陈世美不是个好人，《十三款》里有个穷秀才叫柳丙元，《站花墙》里的公子小姐谈恋爱要偷偷摸摸，《梁祝姻缘》里有两个人变成了蝴蝶……可是我始终弄不懂戏里面人物的恩恩怨怨，更听不清台上戏子的唱词，又不敢打扰看得如痴如醉的父亲。

在我的记忆里，父亲性子急，每次问他，他要么说，等你长大就知道了，要么说，你自己看。于是那些咿咿呀呀的东西，我就不感兴趣了，碰上说白或者打斗的场面，我才兴奋起来，那黑白花脸的小丑，说上一两句俏皮的家乡土话，逗得满场欢声雷动，我也跟着傻乎乎地笑；至于那些能翻跟斗的武生，我就更加崇拜了，一回家，就在门口的空地上学他们翻，有一回还碰破了鼻子。

最喜欢看的还是戏前的引子。所谓引子就是大戏开场前招引观众的段子，记忆最深的是《王瞎子闹店》，剧中的王瞎子滑稽、聪明，把店主捉弄得团团转，每看一回，都笑痛肚子。以至今天，我还对盲人充满了好感，认为他们都是很机敏的人。

可我最终用在看戏上的时间不到十分之一，所有小孩并非为了看戏而来，我们的眼睛有一半时间盯在那些零食水果上，花生、菱角、甘蔗、瓜子、地瓜、橘子、梨子……凡是村野里好吃的东西，这时候好像也来聚会似的，令人目不暇接。

平时节省的母亲，这时也爽快地掏出零钱给我，而我呢，欢天喜地飞跑着买来零食之后，还要在同伴面前炫耀一番，才舍得一口一口慢慢吃下去。

我们的另一种乐趣是到后台看演员化妆卸妆。后台用幕布遮住，进去一个现代的人，走出一个古代的人，所以觉得它很神秘，把能够进去偷看作为一种荣耀。

而要进入后台是那么不易，先不说那戏台相对小孩是那么高不可攀，仅是那吹笛子、拉二胡的乐手的驱赶，就那样难以对付。他们就像战斗中的狙击手，十分尽职地阻挡着我们的"进攻"。

可是他们也有懈怠的时候，可能有时候演奏得太投入，我们就有机会偷袭得手。我和村里的二毛有幸从一棵大树爬上过后台。一边是演员们紧张有序地描眉画唇、涂脂抹粉，一边是演员们在水中反复地洗去脸上的彩妆，一个古代的人又还原为现代的人，不明白他们为什么要变来变去。

那些花花绿绿的奇装异服，袖子一律是那么长，大都闪着金丝银线的光芒，二毛胆大，他摸了那些戏服，告诉我它们是那样滑，就像摸着了面粉。他的话让我蠢蠢欲动，正在我要斗胆尝试之时，台上的乐手终于发现了我们两个偷窥者，我们被无情地轰了下来。于是，爬上后台却没有能摸那些戏服，就成了我永远的遗憾。

远去的水车

儿时经常到田间看大人们车水：清澈的河水装在一个个方形槽格里，那样温顺服帖，缓缓地从下往上推移到秧田里，周而复始，像是一种有趣的游戏。

在大人们休息的空隙里，我们几个小伙伴便爬上水车，学大人们手扶横杆，脚踏木蹬，乱踩一气。由于力气小，那装在槽格里的水，只向上"爬"了一半，就全部漏掉，倒淌入河中。由于完全没有章法，我们常常两脚踏空，被悬在空中荡秋千，惹得大人们哈哈大笑，他们戏称我们是"吊田鸡"。

于是，很羡慕大人们的轻松熟练，他们精神饱满地并排坐在水车上，有说有笑，根本不朝脚下看，脚上的动作整齐划一，水车的"吱嘎吱嘎"伴着笑声，飘荡在充盈着禾苗清香的空气里。

记得村里最俊的大姑娘叫美芳，有一条长长的麻花辫，牵动着许多小伙子的目光，也牵动着我的记忆，正像一首流行歌曲里唱的一样：你那美丽的麻花辫，缠那缠住我心田，叫我日夜地想念，那段天真的童年。

美芳上工去车水，小伙子们总是抢着做她的搭档，有的自恃嗓子好，大胆对她唱情歌。当时我没怎么听懂，依稀记得歌里面有这么几句：一人啦车水呀胳里胳膊软啦，两人车水哟车呀得欢啦，只要情妹不变卦呀，我吹吹打打到你家……

每当这时，在旁休息的大人们总是轻声喧哗起来，那躺在树荫下用荷叶遮面的男人，齐齐地坐起，旁边纳鞋底的妇女，也停下了针线活，侧耳倾听。至于美芳，则根本不敢对歌"接招"，她低了戴草帽的脑袋，看不出她的脸是否腾起红云，只见她脚下发力，一阵狠踏，将唱歌的青年"吊"成"田鸡"，引出一场更大规模的哄笑。

如今，农田灌溉早就实现了电力化，要看水车，只能去博物馆或者旅游胜地了，这种不乏诗意浪漫的劳作方式，在乡间早已无迹可寻。

前不久，我回了一趟乡村老家，发现乡村已很少有务农的青年男女，他们去了远方的城市。留守的中老年劳力，早用上了各种农业机械，玩麻将成为他们最大的消遣，他们在一起，谈论得最多的已经不是什么农事，而是谁的子女开了公司，当了老板，赚多少钱之类。他们学会了享受和攀比，却明显少了劳动的激情。

父亲曾对我说，他们青年时代在夏天的夜晚车水，一"车"就是一通宵，没有一人叫苦。现在，不管是乡里人还是城市人，也许只有打麻将，才会熬通宵吧。

不可否认，机械自动化是历史的进步，但我还是固执地怀念那些远去的手工劳作，它们凝结着一种芬芳甘美的精气神，绵延持久。我也始终信奉，刀切的肉丝永远要比机器绞的好吃，手磨的芝麻永远比机器碾压的香甜。

很多农具的销声匿迹，似乎连带着人的一些精气神也一起消失了，这实在是一件让人费解和怅惘的事。

菜花黄

周末，我准备去乡下看菜花。有朋友打来电话，要约我去看花，不过不是菜花，而是樱花，到武汉大学的校园看樱花。

去武汉的次数不少，但一次都没有去武大看樱花，一想到樱花下面红男绿女的摩肩接踵，我就退却了。因此，我对友人说："坐几个小时的车到武汉看樱花，不如去乡下看菜花哩！"

友人在电话里笑："菜花有什么看头啊，被疯狗咬了就更不划算了！"

友人和我同在一个村庄长大。那时，从小学放学回家，我喜欢和他抄小路回家，一到春天，油菜花丛中的小径是必经之路，最担心的就是从菜花丛中突然蹿出野狗，"三月三，艳阳天，菜花黄，疯狗狂。"童谣一直这么唱。

其实当时我们在菜花里穿行，遇到兴奋袭人的野狗的时候并不多，在田埂上遭遇的常常是那一滑而过的水蛇。虽然知道水蛇无毒，给它咬一下，远没有被菜花丛里的蜜蜂蜇一下严重，但那滑腻斑斓细长的蛇身，还是会让我们跳脚惊叫。对蛇的恐惧或许是人的本能。

是曾经对菜花太熟悉了吧，现在的友人对菜花早已提不起兴致，我只好独身前往了。

回到老家，遇到熟识的乡亲，我微笑问候，他们问我回来干什么，我又不能矫情地对他们说，我是回来看菜花的，我只能轻描淡写地说办点事，顺便路过。何时，对我那些忠厚的乡亲，我也学会了撒谎？我在内心谴责自己，又觉得这是一个不得不撒的谎。

空气清新而略带潮湿，家乡的田野如往年一样，铺盖着肥厚的油菜籽花，一直汹涌澎湃绵延到天边，站在一处废旧的土窑往远处看，村庄似乎成了浮在花海里的船。

走在菜花丛中的田埂上，我倒是希望有水蛇从面前穿过，我将不再跳脚惊叫，倒是可以气定神闲地欣赏它的惊惶失措。然而奇怪的是，我穿行很久，没有见到一条水蛇，倒是惊起了几只漂亮的野鸡，它们霍然从菜花丛中飞起，惊叫着扑落许多花籽。

眼睛尽情饱餐了一顿菜花壮观的金黄，心底也贪得无厌地升起一个不知稼穑的向往：这颜色也单调了些吧？如果还有另外一种颜色与这金黄呼应，该多完美！

记得小时候，父母一辈的庄稼人，常常在收割后的晚稻田里种植红花草，利用它发酵蓄肥，红花草也叫紫云英，差不多与油菜花同时开放，那漫天的紫红色，差不多是春天里唯一可以铺天盖地和油菜花叫板的颜色。自从化肥普及之后，已很少见到有人种它了。

对于那时的乡村小孩来说，紫云英还有一个好处，那就是可以在它上面肆无忌惮地打滚，它是天然的肥料，也是天然的"地毯"，而菜花，常常让小孩们望花兴叹、左右犯难，宋朝诗人杨万里的诗里早就写得明白：儿童急走追黄蝶，飞入菜花无处寻。

婆婆纳

到乡下去钓鱼，走在野花野草丛生的田埂上，恨不得把自己变成植物学家。想象着每一种花草都可能是有名字的，自己却有好多不认识，就有些丧气。

有一种野草，在春夏之交的野外，我常常与它相遇。它们枝叶肆意伸展，铺张成一大片深绿，开出的淡蓝色的小花，却很低调，很不起眼，花瓣娇弱如蝶翼，只要稍稍一碰，就飞扬如尘。花瓣完全绽放，也只有一粒豌豆大小，花蕊中两只雄蕊相向而望，如脉脉含情、向往牵手一舞的情侣。

这花在河边田埂上星星点点，静静开放，恬淡温柔，很有点与世无争的味道，不像一些艳丽的花，盛放时有多热烈，凋零时便有多疲惫。

一直很想知道这种小花的名字。有一次上网，看见有人拍了它的照片，照片下注明"婆婆纳"，忽然得到一种凤愿已偿的欢喜。

于是搜索它的资料，这种花的英文名是 veronica，而在我国民间，它还有好多名字。

有的地方叫它"破布纳头"，很乡土的名字，带着贫穷时代的印记，让人想起煤油灯下，飞针走线的慈母，用破布缀成零零碎碎的补丁；有的地方叫它"卵子草""双肾草"，俗是俗了点，但也一目了然，以实用主义的眼光去打量它，自然会用名字诠释它的药用功能，婆婆纳可以治疝气腰痛，据说还可以止血消炎；还有人则高雅地称之为"二月兰""星星草"，并说它的花语是"除厄"，凡是受到这种花祝福而生的人，将会受到幸运女神的保护。

但我还是最喜欢"婆婆纳"这个名字。

这是一个有人情味的名字，把一朵花复活成一位活色生香的女子，只需要三个字。

中国人的家庭关系之中，婆媳关系可以说是最麻辣最复杂的关系了，家家有本难念的经，最难念的就是"婆媳经"，媳妇手上拿面锣，到处说婆婆；婆婆身上背个鼓，到处说媳妇。婆婆与媳妇，似乎有着难以逾越的鸿沟。

而婆婆纳这种花，竟像一位低调谦卑、贤淑美丽的女子，不知用了什么魔法，使得挑剔的婆婆都能舒畅地接纳。这是怎样的一位媳妇，比《孔雀东南飞》里的刘兰芝还要好吧？

我想象着，这样一个媳妇，首先是在服装上低调的，永远只有那件蓝印花布，蓝白相间，正如花的两色。在乡间的小路上，在粉墙黛瓦的青石小弄里，她曲线柔美的身姿微微摇曳。尽情招摇性感，不属于她们那个时代。

其次，她是在态度上收敛的，心里边再黏丈夫，也不在婆婆面前和他过分亲热，不在婆婆面前使唤他。女人何苦为难女人？像刘兰芝遇上的那位鸡蛋里挑骨头的婆婆，毕竟不多。

至于她的丈夫，或是一位书生，在书房刻苦攻读，抑或已经在赶考的道路上风尘仆仆。或是衙门里一个小小的公务员，像刘兰芝的那位焦仲卿也不错，不希望他是《琵琶行》里那位"浮梁买茶去"的商人，但不管他是谁，好男儿志在四方，很多时候，她都是风雨中飘摇的那朵蓝色小花，在空房中独守寂寞，纤柔的蓝色既象征温馨又代表苦涩……

婆婆纳，本是一个有故事的名字，偏偏没有故事，这样也好，留下一大片空白，让人遐想。

诗意的错觉

或许是生性敏感怯弱，或许是总是难以成熟，我很喜欢自作多情，铭记和夸张日常生活中的一些极小的细节。一次眼神的相遇，一句来自陌生人的问候，都会在我心中升起很深的感动和温暖。

若干年前，在乡下教书的我，为调工作只身来到向往的县城，幻想用价值四个月工资买的两瓶酒打通某个局长。结果，我灰溜溜的，被局长推出门外。当时，很想把那两瓶酒摔在他砰然关上的防盗门上，但是，终于没有。那个黄昏，就那样丧气地行走在城市下班的人流中，不知要到哪里去。那些一脸幸福匆匆回家的人，谁都不正眼看一下我，这让我生出无尽的自卑和伤感。

但忽然间，有一双眼睛，在我身上逗留了片刻！她的目光好像同情与爱怜的汪洋，全部倾泻在我身上，很奇怪，我觉得她一下子就理解了我许多的委屈和忧伤。夕阳下她飘逸的长发，她远去的身影，一如电影中的某个经典镜头让我精神恍惚：拥有这样一双眼睛的女孩，将来会嫁一个怎样的人？

一年以后，我终于挤进了城市的门槛。那是一个冬日的下午，我百无聊赖地走进书店，怀着想买非买的心情翻看着杂志。一个女孩在店外停了自行车走进来。我看了她一眼就怔住了，她额头光洁，目光清纯，全身上下散发着一种简洁的美。看到我时她也怔了一下，然后她径直向我走来，她的目光，竟让我依稀忆起一年前在街头碰见的那个女孩，她们似乎很相像，或者干脆就是一个人？

我的心跳得更快了。

书店里仅有的两个顾客就那样肩并肩地站在一起翻看杂志，仿佛心灵默契成一种规则，谁也不愿擅自离开，大约持续了十分钟之久，我紧张地手心出汗，很想和她说一句话，欲言却总是又止。

同来的朋友在书店外叫了我一声，我如释重负又万分惆怅地走出书店。回头看时，她正抬头看我，眼神里似乎散出一声叹息。就这样错过了，永远不再相见！

或许能成为红颜知己的一位女孩，融入这个城市，就像水消失在水中。

没有爱情的日子，也没有人牵挂，无事时常去泡图书馆。漫不经心地翻阅着别人的文字，日子一天天过去，仿佛秋天落叶堆积，发出腐败的气息。

突然有一天，在寂静的阅览室，那个温和而负责的女馆员，轻声问道："谁是××（我的名字）？""我……"看见她举着我的借阅卡，我以为有什么问题，所以迟疑地回答。"有个女孩子，老在问你。""谁呀？"我掩饰不住一份好奇和虚荣。"我也不认识，很年轻的。"她的话令我遐想。

在这个城市，认识的几个有限的女子都已为人妻，谁还会关心我的生活？我有时在本地的报纸上发表文字，也许她是一位读者，熟悉了我的名字。

不知为什么，我开始想象她就是那个女孩，那个我在书店邂逅的女孩，那个眼睛里深藏着同情与爱怜的汪洋的女孩，她身上散发着简约的芬芳，能够轻车熟路地走进我的心灵。

虽然理智常常来敲打我：这些不过是你自作多情的错觉而已！但我多么喜欢这种诗意的错觉啊，因为她为我制造了一种不可或缺的信心，为我卸下一点点灵魂的重负，来度过青春中最难过的时刻。

生命是用来干吗的

作为循规蹈矩的上班族，我似乎喜欢又害怕看别人的发家史，有时候看别人的人生只一闪念就拐进了光明大道，自己的人生仍然波澜不惊，很痛苦。

那天，在微信上看到一篇名为《一张办公桌》的文章，我就被狠狠地折磨了一回。

那篇文章，写的是著名地产商潘石屹早年因一句话而辞职的故事。潘石屹二十一岁那年，被分到河北廊坊石油部管道局做公务员。一天，单位新来了一位女大学生，他帮她去领办公桌，她挑了一个多小时都没挑好，他说，不就是一张办公桌吗？随便挑一张算了。女孩郑重地说，我刚毕业分配到这里，说不定这张办公桌要陪我一辈子呢！就为这句话，潘石屹辞职了，南下广东经商，后来成就了他的地产传奇。

不喜欢看时下流行的所谓励志故事，但是这个小故事，却引起了我的心灵波动。

不为稻米谋，随心所欲过自己想要的生活，是每一个人的梦想。为什么只有极少数人随心所愿？胆识、才华、运气、人脉，哪一个最重要？

相对于财富与权力上的巅峰人物，我更欣赏那些文化上的特立独行者，潘石屹似乎离我远了点，要说向往甚至崇拜一个人的生活方式，在我自己，首先想到的是自由行走人兼自由撰稿人古清生。

古清生在网上挂了一个签名，似乎是专门刺激我们这些坐办公室的穷忙族的，签名这样写道：生命不是用来上班的。

说得轻巧，那生命是用来干什么的呢？

对于悲观主义者来说，生命是用来倒数的，对于享乐主义者来说，生命是用来挥霍的，对于我们这些内心不安分又只能按部就班的人来说，生命就是用来养家糊口的。

而于古清生，生命当然是用来行走的。

看他的博客，让灵魂跟着他的文字去流浪、探险和旅行，虽不及他亲历的千万分之一，但也可算得上望梅止渴的一种了。前天，他还在长江上的大船上独守一天一夜，只为钓一条传说中的大鱼；昨天，他又深入到云山雾罩的神农架和金丝猴握手言情；今天，他又要驾一辆"速腾"到奇峰耸立、溪水环流的武陵源去考察中国大鲵……

已经出了很多本书的古清生，并不刻意去贩卖那些文字，便足以抵消旅途的开支，得以赏奇景、品美食、遇故友、结新朋，水草般丰盈的生命体验，全都来源于多样的惊人美丽的自然，这着实比那些腾挪于商场用健康换取金钱的富翁让人羡慕。

难怪，被誉为世界创意智商最高的英国人东尼·博赞认为，一切思维都源于自然。

多彩的昆虫、翱翔的苍鹰、壮丽的群山、空灵的晨雾，直至令人敬畏的宇宙，才是真正值得去欣赏和探索的事物。

当然，羡慕古清生的远不止我一个，他的一本书中就收入了朋友写的一篇文章，朋友不羡慕古清生著作等身，而是羡慕他"没有家室之累，没有单位羁绊"，想到哪就到哪。

有时我也把这话念叨在嘴边，刚来了前半句"没有家室之累"，就立马闭嘴，想那后面一句，让单位领导听见，也会不爽："没谁羁绊你啊，想走人，早点说啊！"

草木有本心

那天，在一家餐馆吃饭，有朋友点了一桌子素菜，说他是素食主义者，绝不杀生。另一位朋友则说：植物也是生命啊，如果真要做到绝对不杀生，只有什么也不吃了。然后，他告诉我们一个消息，说美国科学家立下宏愿，力争十五年之后和植物对话。

闻此言我大感惊奇浮想联翩，如果真有这么一天，当我们锯一棵大树的时候，它惊呼救命，我们会不会放下斧锯？当我们拔一棵白菜的时候，它呼喊疼痛，我们会不会松开双手？当沙尘暴袭击城市的时候，那些树和花草窃窃私语，会同情还是嘲笑我们？

草木的"本心"到底是什么？其实，在一千多年前，唐代诗人张九龄就有精彩的解读，他在《感遇》这组诗里说：草木有本心，何求美人折。在我看来，这句诗并非诗人以兰桂自居洁身自好，或者愤激地表现一种孤傲，诗人所认可的草木的"本心"，就是在方寸之地迎纳四季，顺其自然、敦厚宁静地生活吧。

"我在固我生"，生活的最终目标其实是生活本身，我相信，每个人与生俱来都有草木的"本心"，只是不知从什么时候起，我们的"本心"被各种欲望所遮蔽或者扭曲。

要回归简素淡定的"本心"，是不是要向植物学习？如果有一天，我们能与植物谈心，我敢肯定，一棵树绝不会因为装点了权贵富豪的房子而沾沾自喜，一枝花也绝不会把插进高级瓷瓶作为无上荣光。

偶然在某作家的散文里看到这样一句话：对任何一棵树充满敬意，就像对自己的上司那样。我想，这句话如果改成"对任何一棵树充满敬意，就像对自己的老师那样"，会更好些吧？

江黄颡

夏夜，我喜欢到城边襄河的泵船上钓江颡。

所谓江颡，实际是江黄颡的简称，顾名思义，它一般生活在江中。而我所说的襄河，其实也是一条叫"汉江"的长江支流，古时这条江叫沔水，我们这个地方就叫沔阳，"千里送鹅毛"的典故即出于此。

一般人都认为江黄颡就是黄颡（又叫黄古、黄腊丁、昂刺鱼、黄刺鱼、葛牙子、刺儿鱼等）。二者同属鮠科，的确如孪生兄弟，都属那种刺极少、肉质细腻鲜嫩、脂肪肥而不腻的鱼，但它们也有细微差别。黄颡颜色偏黄且深，江黄颡颜色偏灰稍浅；烹熟后的黄颡有一种淡淡的土腥味，不能不说是一丝缺憾，而夹一块江黄颡入口，只觉清新爽净，无半点土腥之气。

也许，这与两者生活的环境稍异有关。两类鱼都是"高度近视"，只靠灵敏的嗅觉在水底觅食，河塘里多淤泥，黄颡就带了土腥味，而喜在江边石缝里栖息、觅食的江黄颡，自然"高洁"些，所以在市场上两鱼身价泾渭分明，江黄颡随时令卖到二三十元一斤甚至更高，且很难买到，黄颡价格略低，随到随买。

如果说黄颡可以称得上鱼之上品的话，江黄颡就是鱼之极品了。

古清生写过一篇《带着鱼去旅行》，煞是好玩。他和朋友到阳澄湖玩，买了十斤黄颡，弄了一盆豆腐黄颡汤，"夹起丰腴的黄颡鱼，以吹口琴之姿吸之，呼呼的那鲜嫩的鱼肉滚入口中，在舌尖上舞蹈""吹口琴之姿"的描写甚妙，读之，令人口舌生津，有身临其境之感。如果是十斤江黄颡，那舌尖上的舞蹈可能会更上一层楼，活色生香跳得更欢快些吧？

江黄颡除了做汤、清蒸之外，用泡椒红烧最是美味。

先将江黄颡剖开洗净。这里必须交代的是，江黄颡全身布满黏液，且有三根毒刺，宰杀时要特别注意，如果不慎被刺伤，那种又痛又痒的感觉极为难受，会让你体验到什么是真正的仇恨。宰杀后的江黄颡用盐和料酒微微腌一下，下锅后味道更好。

接下来，将炒锅烧至微红，再放适量油，投入切碎的泡椒与生姜，炒至香辣之气弥散之际，再加入豆豉齐炒，加水煮开，然后放江黄颡进去，用小火煮开，即大功告成。

那天与几位朋友到汉江大桥边的一家酒店吃饭，主人上的第一盘菜就是江黄颡。

这家酒店的江黄颡做得很地道，正好是泡椒红烧的，稍为可惜的是江黄颡被切成了小段，破坏了一点原生态。

食之，泡椒的清脆酸辣，江黄颡的细腻绵滑，一起在舌尖缠绕，让人不顾斯文，再三举箸，欲罢不能，真正是三日之内，可别再想吃其他的什么鱼，这种感觉让人想到那绕梁三日不绝的音乐，更让人想到美丽多情、泼辣不驯的女子。

说来奇怪，吃极其美味的鱼时，我总会想起美丽的女子，这并不含有对女性轻视，因为如果把史前海洋生物都叫作"鱼"的话，我们的祖先就是从"鱼"进化而来。而如果把带刺的江黄颡比作女子的话，又是怎样的一种女子呢？应该是那种玫瑰一般的女子吧，有着刚烈的刺与蚀骨的柔。

食色，性也。专栏作家沈宏非在《写食主义》里，也这样写："那天晚上，我们吃了榄角蒸鲮鱼，皆水乡土产。亲切，熟悉，犹如邻家女孩。"由吃鱼想到邻家女孩，也算是"秀色可餐"的另外一种了。

公交车上的拥抱

去年夏天，我到深圳玩了一趟。一些繁华的地方，一些好玩的事，我都忘记了，现在回想起深圳之行，竟然只深深记得这个细节。

那天是周末，我途经宝安去会一位朋友，从龙华到观澜，坐 M225 公交车，上车时，已经没座位了，车上多是进城务工的青年。

我注意到身边站着的那位女孩，十八岁上下，一米六高的样子，红上衣，细格纹黑白相间的短裙，青春但不时尚，容颜姣好。车到了下一站，上来一个男孩子，黝黑而精干，无领短袖，西装短裤，趿着一双拖鞋。

那女孩先看到男孩，就喊了他的名字。两个人像是意外相逢，很是惊喜。然后，他们就开心地聊开了。那男孩问："你还在那里吗？"女孩说："是呀，你呢？现在在哪里做事？手机号码没变吧？"

他们用普通话聊天，我听出来了，两人并非同乡，原先都在一家工厂做事，后来，男孩辞工了。

女孩仰脸看了看男孩，语气里满是怜惜："你呀，怎么又黑又瘦了呀？"男孩一笑："每天在太阳下晒五六个小时，不黑才怪呢！"

两人有说有笑，似有说不完的话。

这时，随着车不断地靠站，车上的人渐渐多起来，女孩提着一个包，被人挤得一个趔趄，差点摔倒，不由惊呼一声，男孩急忙揽住她的腰，似乎是顺理成章，将她拉到怀里呵护着。

这应该是他们的第一次拥抱。

女孩没有拒绝男孩，但也恰到好处地显示了她的矜持，她用一只手抓着公交车上方的吊环，一半靠男孩平衡着身体，一半靠着自己。

后来，车上的人少了，女孩试图从男孩怀里脱身出来，但男孩没有松开的意思，女孩任他抱着，两人依然有说有笑。

这或许是一个关于爱情萌芽的细节，或许只是两个漂泊异乡的男女，一次过后即忘的慰藉或者取暖，但它的确在我心底掀起了巨大的波澜。我宁愿相信是前者，两个互有好感的青年，两个还在为温饱奔波的青年，没房、没车、没有体面的工作，在一次公交车上用拥抱捅破了那张纸。

我还自作多情地想，如果有机会，他们能上电视，男孩问女孩："你喜欢和我一起骑自行车逛街吗？"女孩一定会很真诚地回答："当然喜欢！"很难想象，她会像相亲节目里的那些女子斩钉截铁地回答："我更喜欢在宝马车里哭！"

留在原地

前几天，回原来工作的一个偏远小镇，经过原先任教的学校，百感交集，生命中最青涩的年华就在这里度过的啊。

正在我抚今追昔之时，有人叫我，我扭头一看，是当年那位美女同事。听说她嫁给我原先的同事田老师，田老师已是学校的校长。

闲聊中，我问她两口子为何不调进城市？当年一同分配下来任教的，只剩下他俩在这里坚守了。

她笑道："这里很好呀，你看看这环境，正合乎老田当年的田园理想！"

她把我引向菜园，那里有他们侍弄的蔬菜。她摘了一些西红柿、豆角、辣椒，给我带上，说这些蔬菜只施农家肥，从不打农药。

她又把我引到一处园林，桃子熟了，青中透红，梨子还又小又青，挂在绿叶当中。她说还有梅树，桂花，银杏……

我说田校长有本事有福气，不但娶了一位如花似玉的美人，还建成了一方小小的世外桃源。

她笑了："说实话，我们老田各方面的才能还真不如你，只是他愿意留在原地，他当校长也是时间熬的，不像你，有上进心啊！"

她不知道，当年我千方百计，调离这里后，漂泊到南方打工，历尽艰难，如今，在城市的钢筋水泥当中拥有了一处鸽笼般的巢穴，逼仄的生活环境，无形的竞争压力，重度污染的空气……这些早已背离了我的生活理想。

临走的时候，我跟她讲了一个故事：

两兄弟发现了一块石头，石头上的文字指引人去寻找幸福。哥哥不相信那些话，但弟弟愿意去尝试。

弟弟冒着生命危险，经历了一系列戏剧性的变化，先是在一个国家当了五年国王，到了第六年，邻国向他的国家发动战争，他被打败了，成了流浪汉。回到村里，哥哥仍住在那里，生活平静如水，觉得自己很幸福。弟弟却认为更幸福的是自己，因为他拥有美好的回忆，而哥哥没有。

这是一道中学生考试阅读题，答案很绝对很标准，说弟弟的人生更有价值。

其实，幸福没有标准答案，更不能把某种人生观强加于人。我又想起某年高考的一道作文的话题材料《沙子与珍珠》：

　　一位年轻人在海边徘徊，闷闷不乐。"有什么事想不开？"一位老者问。年轻人说，他做人做事尽心尽力，但得不到承认和尊重。

　　"看好了，"老者拈起一粒沙子，随手一丢，"能找到它吗？"年轻人苦笑，摇摇头。"我有颗珠子，"老者掏出一颗珍珠，掂量一下，轻掷在沙滩上，"不难找到吧？变成了珍珠，就没人忽视你了。"有道理啊，年轻人点头深思。

"不过，沙子一定得变成珍珠，才能被人承认和尊重吗？"年轻人还是有点疑问。

这个年轻人问得真好。

让人都去做珍珠，那谁又去做沙子呢？做珍珠真的比做沙子快乐吗？

比照我自己的经历和理想，随着年龄渐长，对人生的体悟越来越深，我开始喜欢故事中那位留在原地的哥哥。不记得是谁说过了，实际上，成功只有一种，那就是按照内心的意愿去生活。

一个老师的微笑和行走

一次我布置了一篇老生常谈的作文《我最难忘的老师》，没想到竟在一个女生的作文里发现了我小学老师的名字，世事沧桑，他的学生又成了我的学生。打开尘封的往事，回到我的家乡和童年，记忆的小径上，他微笑着向我走来。

他总是在微笑，当他给我们讲《桂林山水》《半夜鸡叫》的时候，当他在我们的作业本上流畅地划着红钩的时候，当他傍晚回家穿过乡亲们此起彼伏的问候的时候，当他在野外牵着老牛与我们相遇的时候，他总是在微笑。那时，不谙世事的我们对他的微笑司空见惯、不以为然，今天，我才理解了他，那是发自心灵的对生活的热爱和坦然。

他走路的姿势很独特，左手总是平端在腰际，只靠右手去摆动。左手大多时候空空如也，却常给人拿着粉笔或书本的错觉。这种奇妙的行走姿势一度像他清秀的楷书、标准的普通话一样成为我们争相效仿的对象，但那是一种谁也学不来的姿势，放在谁身上都觉得滑稽别扭。对这一点，当时的我们真是百思不解，今天，也许可以用"腹有诗书气自华"

这句话去领悟。

忘不了那个夕阳西下的傍晚，野鸽子在天上飞，操场上那棵大梧桐树一片金黄，李老师微笑的面庞映着余晖，给我心慌意乱的感觉，因为他从办公室径直向操场上的我快步走来了。没料到，他是为告诉我一个惊喜："你的作文得了郭河区作文竞赛第六名！"这是多么微不足道的成绩，然而他以由衷的欣喜感染和点拨了懵懂的我，一生中对文学的钟爱或许缘于那个傍晚。

从此，我的作文开始频频被他作为范文当堂朗读，尤其是一篇《回家路上》的作文，竟得到他十二分的青睐，他给了九十五分，还油印了几十张发给全班学生。

倘是仅受如此宠爱，我也许会忘了。十多年后我回到家乡，村里的一些少年在我们家门口玩耍，母亲问我可认得他们，长时间在外读书、工作，使我一个也认不得，但少年们说："我们都认得你，李老师还念过你的作文呢！"

"什么？"轮到我惊愕无比了，"哪个李老师？"

他们齐声说出了他的名字，方知李老师念我那篇《回家路上》已不是一年两年了，我小学毕业后他在小学教了五年，就念了五年。即使是世界名著也要读厌啊，何况那只是一篇五年级学生稚嫩的习作？

当他得知我在高中当了老师，发表了一些文字，还出了书，就常常在念完作文以后，再附上几句"作者简介"，激励一番那些学生。

无疑，他是把我当作榜样了。惭愧的是，这些年来，我为成家立业，奔波劳碌，为琐事缠身自顾不暇，没有时间去看他；这些年来，为生活中的许多难处、许多不如意，我始终学不会他对生活的热爱和坦然，没有心思去看他。

那年春节，在家乡的水泥桥上遇见他，喊了他一声"李老师"，他激动得手忙脚乱地停了自行车，拉住我问长问短。我掏出一支烟敬他，不吸烟的他也认真接住。岁月无情，让他的青丝夹了白发，让他的背开始佝偻，只是那熟悉的微笑依旧！你还是那样走路吗？我在心底悄悄地问。

　　我这次回家，已从其他人那里得到消息，李老师作为区里的最后一批民办老师，春节一过，就得下岗了，可是他什么也没说，更不提几年来念我作文的事，我一直想问，但一直不敢问，这才发觉，在他面前我永远是学生，而他，永远是一位真正的老师。

送 酒

父亲平生没有太多爱好，只是嗜酒。

在外地读书的时候，每次回家，都会看到父亲就着一盘干蚕豆，津津有味地喝着乡下那一元一斤的劣质白酒，于是发下宏愿，参加工作了，一定要买一瓶百元以上的好酒，让他美美地喝上一顿。

毕业后，我被分配到镇上的小学当老师，第一个月的工资只有七十多元。那时候，不安分待在乡镇的我，竟然想通过送礼的途径调到城里去。积攒的那点工资，不记得为父亲买酒，倒是要去孝敬县城的一位权势人物。

我用四个月的工资买了两瓶当时还算高档的名酒，打算送给一位局长。因为调动这一关，万事俱备，只欠他大笔一挥签字同意，我就可以进城了。

不知局长家住哪里。我在县城有位姓刘的同学，他带着我到处转悠，费了好大力气，才摸清了局长的住处。接下来，就是怎么送的问题了。

局长应酬多，白天一般不在家，而晚上，又不知他什么时候回来。我和同学鬼鬼祟祟潜伏在局长小区的暗处，窥视着他家的窗户，焦灼等待他回家，好将酒送给他。

苦苦守候到第三个晚上的八点多钟，终于发现他家的窗户亮了。我按捺住激动的心情，提着那两瓶名酒飞奔上楼，按响了局长家的门铃，局长夫人隔着猫眼冷冷问我是谁，我急忙报上一位介绍人的姓名，这位介绍人曾告诉我，她跟局长夫人通过电话，我只要报上她的姓名，局长夫人是不会拒之门外的。进门之后，就看我自己的了。

局长从上到下冷冷审视我一番，没有说话。我尴尬地站在他家宽敞的大厅里，手心都有了汗。我结结巴巴地说明来意，谦卑地把那两瓶酒放到茶几上。

局长一脸正色地呵斥我："你小小年纪，就学坏了，就会搞歪门邪道这一套了！你说说，是谁教你的！"

他将那两瓶酒提起来往我怀里一塞，将我往外推。我几乎还没反应过来是怎么回事，就被他推出了门。

后来，我将这两瓶酒拿回家给父亲喝，父亲看我买这么好的酒，很是疑惑。

我谎称这是一位学生家长送给我的，他这才拧开瓶盖，小心翼翼地倒了一杯，轻轻抿了一小口，品咂半天，才舒一口长气赞道："好酒啊，好酒！"而我的心苦涩无比，想不到第一次孝敬父亲好酒，竟是以这种方式。

现在，那位局长早已退休，我也谈不上有多么恨他，甚至还有点感谢他。

当年他对我的打击，催生出我体内的潜能，激起我奋发向上的动力。我暗下决心，一定要凭真才实学改变命运。

后来，我在报上看到一则沿海地区招聘教师的广告，就鼓起勇气投出一份简历。想不到，经过笔试、面试，我竟从几百名应聘者脱颖而出，被那所学校录取了。

　　学校的待遇不错，第一个学期末，我的教学成绩突出，领到一笔不菲的奖金。春节我回到湖北老家，第一件事，就是在县城的商场买了一瓶好酒，敬给乡下的父亲。

走过乞丐

年末，街上的乞丐渐渐多起来。

热闹的菜市场门口，一群残疾人正在卖唱。为首的中年男人是一个盲人，其余的三个小孩，有两个是盲人，有一个缺了一只胳膊，还有一位中年妇女，是个侏儒。

他们自称一家人，使用的是最现代的音箱和卡拉 OK 设备，小孩的歌唱得悲伤和深情，特别是一首《大长今》的主题曲《希望》，特别震撼人心。买菜的人慷慨解囊，我看到一位穿着不太讲究的妇女，丢了十元钱。就在前几分钟我却看到她问鱼贩草鱼多少钱一斤，她嫌贵，没买。施舍的十元钱，至少可以买一条三斤重的草鱼吧。

我掏出一张两元纸钞，准备略表心意，但就在这时，中年男人将他的瞎眼向外翻开，露出了红红的肉，似在强调他是真瞎，也似在强调他真的很可怜，这个动作突然让我反感。我收回了那两元钱。

敢于展示痛苦的人是可敬的，但是贩卖伤口和痛苦的人是可耻的。

女作家毕淑敏曾写过一篇《坦然走过乞丐》，在文中她借朋友之口说乞丐利用丑恶博得金钱，被人所不齿。所以，她对那些慷慨解囊之人不再仰慕，对那些扬长而去之人也不再侧目，可以"坦然走过乞丐"了。

这篇文章受到许多人的认同，并广为报刊转载，文章的出笼，不知使中国的真假乞丐减少了多少收入。

坦然走过乞丐，我也以为是对的。

于是，像毕淑敏一样，那天我选择了坦然走过那群乞丐。

但是最近，我又发觉，走过乞丐是一件困难的事，在选择"坦然"还是"施舍"上并不是那么简单。

一位老人跪在商场门口，不停地向来往的路人磕头，那一头白发，像一束白花让我的灵魂震颤，她让我想起我年过七旬的母亲。

我翻了一下口袋，却没找到零钱，我抱着愧疚之情准备匆匆逃离的时候，看到这样一幕：一个青年男子搜遍全身，大概也和我一样未找到零钱，他坚持要把女友口袋里的一元硬币给那位老人，女友很不耐烦，他和女友争吵起来，后来，他甩开女友，竟然掏出一张十元钞票放到老人的破碗里，老人竟然不敢接受，要把十元钱还给青年。

青年的女友气跑了，青年当然不肯要老人退回的十元钱。

钓之境

自己喜欢钓鱼，也喜欢看人钓鱼，不觉在心里将钓者的境界分了类。

最低层次的钓者，当然是那些带着豪华钓具，开着小车，去乡下鱼塘"抢鱼"的踌躇满志者了。在社会上他们混得风生水起，在鱼塘里也大开杀戒，攫夺的姿势，像极了他们名利场上的搏杀。

那次，受友人之邀，到一家叫作"鲫鱼湖"的渔场垂钓，渔场主人的淳朴和热情，让我每钓起一条鱼都有些歉疚，只希望鱼儿不要疯狂咬钩。

而同去的一位老板，则目露精光，每钓起一条鱼，都发出得意的狂笑，当他费尽九牛二虎之力，用了二十多分钟，制服一条近十五公斤的草鱼时，肥硕的身体累得瘫软在地，还在狰狞喘笑。

而更令我和友人瞠目的是，这位老板将钓来的两百多斤鱼拖上小车时，竟然和渔场的主人连招呼也没打，就绝尘而去了。

我质问友人怎能交这种朋友。友人苦笑无语。

友人再邀我去那家鱼场钓鱼时，我都婉拒了。

一个原因是那位老板败坏了我的胃口，另一个原因，是作家古清生的一段话震撼了我。他在《西寨山下》这篇美文里说："从思想到行动，我拒绝到人工养殖池塘去钓鱼，那种商业垂钓，对于一个钓过无数湖泊和野塘的人，毫无吸引力，简直是一种羞辱。我要在自由之水垂钓，要在自然的环境里，钓一份悠然的心情。"

这段话让我汗颜。

从此，开始痴迷那毫无身心负担的野钓，在云淡风轻的日子里，一个人坐在河边，与鱼儿做一场智力游戏，永远不知道下一条鱼的具体样子，悠然中有一种神秘的期待，但这也只能算是钓者的中下之境吧？

比我境界更差的，是那些"为鱼而渔"之人，为了多钓到鱼，连两三寸的小鱼也不放过，只求拿到集市上多换点钞票，也许，为了生存，他们有不得已的苦衷，但想不通他们为什么不用钓鱼的时间做别的营生，那样收入岂不是更高？

层次稍高一点的钓者，是对鱼们不再格杀毋论，将钓到的小鱼放回河中，但是放生的姿态是高高在上的，看鱼儿仓皇逃入水中，他很得意，以为自己能操纵鱼的生死，一副救世主的模样，使人想起那些翻手为云覆手为雨的政客，将别人的命运玩弄于股掌之上，这种趣味实在不敢恭维。

那么钓鱼的最高境界是什么呢？

有人说，是在乎钓的过程，而不在乎钓的结果；有人说是心中有鱼，而手中无鱼；有人说是不在乎鱼，而在乎青山绿水之间。而在我看来，钓鱼的最高境界，其实就是学佛的境界。

唐代的船子和尚隐居华亭时，常乘小船往来于松江朱泾间，以钓鱼度日，他有一首诗，将钓境与禅境结合得完美之至，诗曰：

千尺丝纶直下垂，一波才动万波随。

夜静水寒鱼不食，满船空载月明归。

虽然钓鱼无获，但身心轻安明净，不是最大的收获吗？

我等功利之心未除的俗人，离船子和尚的空灵境界，实在遥远，能做到"不以鱼获而喜，不以无获而悲"就已经相当不错了。

那天，我与刘君相约去山野水库钓鱼。刘君苦守两个时辰，终于擒获一条十多公斤的大青鱼，随后频中鳊鱼、大鲫，到中午时，他的鱼护里已经装满三十多公斤鱼了。这时，刘君的另两位朋友赶来观战，听说刘君钓到大青鱼，都抢着去提鱼护，一饱眼福。因为争抢与用力过猛，再加上里面的鱼太多太重，鱼护底突然脱落，鱼们一下子游得无影无踪了。

两人看着一只破鱼护傻傻发呆，我以为下面肯定是一场暴风骤雨似的争吵或者指责，没想到刘君却轻松地说："没什么，钓鱼的最高境界就是放生啊！"

说完自己先笑了，两位朋友也笑起来。

人生在世，有刘君这样的人做朋友，应当珍惜。

理　发

城市里让人满意的理发店越来越少了。

走错门进去，都是什么形象设计沙龙、美容美发中心、烫发染发王国，名字一个个比赛着时尚和自大，但是每次去理发，我的迷惘和失望却一次次增加。

不知是从什么时候起，洗头的、剪发的、染发的，都成了清一色的男子。只有一次，视力不太好的我看着一个留着马尾的姑娘，待想把"她"叫过来为我洗一次头发，等"她"转身，却是个男的，并被告知，他是形象设计师，洗头这种事，自有小男生为我做。

但我是不太喜欢那些小男生的，他们面对男人，总是沉默寡言、动作懒散，而服务时尚女子时，则表现出十足的柔媚和殷勤。他们对女顾客喋喋不休的赞美，总是让旁边的我厌烦，而女顾客在镜中看到小男生们手也卖力嘴也卖力，无不笑靥如花。

柏杨先生说："做一个正正派派的女人，最安全、最纯洁的刺激，也就是最性感的艺术享受，莫过于找一个男理发师抓抓头、摸摸脸、揉揉脖子。"

现代社会，女人们的这种男色审美体验并没有什么错，只是别扭于理发店男人们的扭捏作态，以及温柔面纱下的虚伪。

曾目睹这样一幕，两位女孩进了理发店后，两位的男发型师与她们对上了眼，他们一边做头发一边对她们甜言蜜语，其中一位女孩长得不怎么样，就说她有气质，另一位个子矮小，就说她身材匀称。两位女孩在他们的"力荐"下掏出八百八十元买了两张贵宾卡，等她们刚一离开，两位发型师同时向收银台的小姐做了个胜利的手势。

而且，随着阳刚之气的慢慢蒸发，那些男理发师好像没有几个会使剃刀了。

一次一位理发师帮我刮脖子上的汗毛，战战兢兢差不多用了二十分钟，等他刮完，我出了一身汗，大概他也是，而让人耿耿于怀的是，过后，我的脖子有些疼痛。我请人察看，发现脖子上留下了几道红色的印痕，虽然没有流血，但足以使我胆战心惊，要是那剃刀上有乙肝病毒、艾滋病毒，是不是可以乘机侵入我的血液？

于是无限想念在乡下的理发师魏师傅，想念他那把玩了几十年的剃刀，那把阅人间头颅无数的出神入化的剃刀，但我已经很少回乡下了，再说魏师傅也去世了。

直到有一天，我读到作家韩少功的一篇小说，才在他的文字里，重新享受了旧时理发的记忆："开刀、合刀、清刀、弹刀，均由手腕与两三指头相配合……一把刀可以旋出任何一个角度，可以对付任何复杂的部位，上下左右无敌不克，横竖内外无坚不摧""刀尖在顾客耳朵窝子里细剔，似有似无，若即若离，不仅净毛除垢，而且让人痒中透爽，整个耳朵顿时清新和开阔，整个面部和身体为之牵动，招来嗖嗖嗖八面来风……"

看到此处，就像作家笔下被老师傅料理得舒坦无比的顾客一样，我也打了一个惊天动地的喷嚏，吐尽了五脏六腑的浊气。

一直都懂你

三十岁以前，总是逃避着母亲，逃避着她的关于我个人问题的询问和忧虑。

每逢节假日，我很少会回家与她面对，即使回家，也是飞快地塞点钱给她，然后又飞快地逃离。走过那棵似乎是永远茂密着枝叶的古槐树，走过那道从我出生起就存在的小石桥，就走出了村口，走出了母亲忧伤的目光，但是我知道我永远走不出母亲忧伤的心事。

因而，我不敢回头，我怕一回头，就会使自己倍加感伤。我在心底暗暗发了誓，以后出人头地了，一定要在家里待上两三个月，好好地陪一陪一生辛劳对我寄予厚望的母亲。

如果说这段时间我为生计为前途奔波着，没有心情陪母亲，那么三十岁之后，我漂泊到了离乡几千里路的异地成家立业了，却是真的没有时间陪母亲了。

单位是民营的，常常要在节假日加班加点，一年到头，只有春节才能闲散几天。

那年春节，原本是买好了返乡的火车票的，但一场疾病使我又未成行，打电话给母亲，她在电话那头哽咽无声，久久不愿放下电话，她反复追问着我的病情诉说着她的担忧，最后竟要马上买票坐火车来看我。

千里迢迢，她又年逾花甲，并且晕车，怎能让她来？我好不容易才劝住了她。放下电话，电视里一位歌手正在深情地唱：

一年一年风霜遮盖了笑颜，你寂寞的心有谁还能够体会，是不是春花秋月无情，春去秋来你的爱已无声，把爱全给了我，把世界给了我，从此不知你心中苦与乐。多想靠近你，依偎在你温暖寂寞的怀里，多想告诉你，告诉你我其实一直都懂你……

不知不觉，我已泪流满面。

过后，得知隔壁同事小赵也没回家过年，我把小赵请过来和我一起喝酒。同是身在异乡为异客的两个人，很容易就找到许多共同的话题，一瓶白酒很快见了底。

我向他诉说着"遍插茱萸少一人"的那份感伤，当我说到母亲对我不回家的牵挂，说到在一个雨夜，我的六十五岁的母亲走七八里泥巴路，只为到有电话的人家为我打一个电话时，小赵哭了。他羡慕我有一个无时无刻牵挂着我的母亲，享受着被人牵挂的幸福；而他，已经整整五年没叫过一声爸和妈了。每年过节，想到别人回家可以给父亲敬酒，听母亲的唠叨，而他只能把一杯酒洒到父母的墓地，自己对自己说话，他就更加感伤。他已经很久没有回家了。

随着酒力热热地渐渐温暖我的全身，这时候我又记起了母亲和我之间的一些看似不经意的细节：寒流来袭时，收到母亲寄来的那件早就过了时但她以为我会穿的羽绒袄；"非典"肆虐时，又接到她寄来的十多种防治"非典"的土药方；前年春节，我收到她用特快寄来的腊鱼和腊肉，光邮寄费可能就是她几个月在田间的收入了。

有家可回的人是幸福的，父母健在的人是幸福的，拥有牵肠挂肚的亲情的人是幸福的，而三十岁以前我不懂。

那年七月，我终于结束了长长的漂泊，回家乡的单位上班了。不知不觉已人在他乡整整五个年头了，我总算挣脱了那永远学不会的陌生的方言，在家乡的小城安上了一个属于自己的家。接下来我要做的第一件事就是，把母亲接到我的新家中住下来，和她聊家常聊农事还有她最爱的花鼓戏，听她讲乡村的人事还有做人的朴素道理……

赠　书

看到作家孙凤山写的一篇文章《重复赠书》，感慨万千。

孙先生说他十六年没出书了，与赠书有关。

一次，孙先生去朋友甲家，发现自己签名送给甲的书被丢弃在废物堆里，偷偷拿走后，在扉页题词上加了"再赠"二字，托人带给甲，甲收到书后，居然给他打了一个电话。

这是第一个故事，第二个故事同样离谱。孙先生在废品站发现了赠给朋友乙的书，他又一次在扉页上加上"再赠"二字，托人带给乙，乙收到书后，也给孙先生打了一个电话："老书是文物啊，感谢你赠给我老书！"

原来，甲乙二人压根儿就没有在意"再赠"两个字！

于是，孙先生感叹："有了这两个故事，我出书的底气实在不足。"

其实，我倒是非常敬佩孙先生的底气和勇气的，能够把送给朋友又被朋友丢弃的书捡回来，写上"再赠"再送，这要多大的勇气和胸怀啊！

诸如我这样的小肚鸡肠者，既没有这样大的勇气，也没有这样好的脾气。

近年来，我出了几本书，虽然印数不多，但总算还有些卖点，不至于自掏腰包，出版社给的样书一般不超过十五本，身边要书的朋友却比较多，原以为是自己的书写得好，也曾如逢知音般地到处送。

然而，有的人，你主动送书给他，他不但不领情，还在背后挑剔和贬低，有一位就说："他那样的书很好写，如果我来写，可以一口气写五本！"

还有一位老兄，曾不止一次当面向我求书，我那时手中样书已送完，就专门在当当网上买了一本赠给他。

半年以后，我看见自己签名送给他的那本书，赫然陈列在旧书店里，问老板那本书的来历，老板说是从废品站收来的。

我用半价买了自己那本书，哪里有勇气写上"再赠"二字再赠给他？甚至连他这个人都不想见了。

不久，听说他自费出了本书，到处送人。

当时，我还在自作多情地想，如果他礼尚往来，送我一本，我是否应该以其人之道还治其人之身，把他赠我的书送到废品收购站里去？未免睚眦必报了吧。

实际上，我这样的想法，根本就是多余的。

原来，好长时间，我都没有收到他的赠书。

有一天，我在网上论坛发了一个帖子，列举了赠书的尴尬，并且总结出一条自认为千真万确的道理：书不可乱送人，以免明珠暗投。

新疆的文友安雯跟了一个帖：

你的书视角独特，让人耳目一新，我的一位文友以送煤气罐为生，没有闲钱购书，可他在报纸上剪贴了你的许多文章。送书要送给这样的人，爱文字，爱生活的真善美……

在那个寂静的深夜，读到这段文字，我流下了眼泪。

书之随想

西汉刘向说书是药，"善读可以医愚"，所以民间有"人从书里乖"之说，至于"书呆子""书越读的多越蠢"之说，只能说"不善读"，不能怪书本身。

宋朝诗人黄庭坚认为书可以美容，他说"三日不读书，便觉语言无味，面目可憎"，鲁迅曾讽刺他那个年代的军阀和政客"有病不求药，无聊才读书。一阔脸就变，所砍头渐多。"

现在好多人一年到头都不读一本书，照镜子时，也不会觉得自己面目可憎得像"魔鬼"，黄庭坚那般的自觉和自律，不是每个人都有的。

在繁华的都市，满目皆是俊男靓女引领时尚的广告牌，从洗发水到饮料到内衣到钻戒，少见一块为书做广告的牌子。于是我这个痴爱书的人，常常萌发痴想，等到有一天，如果我有了钱，一定去请一个最红的明星做一个"请让我们读书吧"的广告牌，挂在所在城市的中央，引领每天穿梭忙碌的人们去亲近书香。

但我又一想，这样的奢想并不现实，有些当红明星早已不读什么书了，而且他们连一些基本的文化常识也搞不清，如果让他们去做读书的广告，是不是有些不伦不类？

这样的奢想，也很可笑，一个痴迷读书的人，哪里能发得了大财？

但我总是在想，读书没有什么不好。而且，喜欢读书的人不至于太坏。因为最起码有一点，是他把时间花在读书里面，算计别人的时候就少了。

当代诗人流沙河先生爱把书比作女色，他说自己"卧室有书八堆，堆高尺五以上，估计册数不到两百，皆属宠姬，夜夜倚床读之"，将书视为"宠姬"，当然容不得别人染指，所以流沙河搬家，什么东西都让人搬，只有书要亲自去扛，诗人张新泉见状写下一首诗：

> 一个沉甸甸的大包
>
> 斜挎腰际
>
> 先生以两只瘦手
>
> 紧护行囊
>
> 小心翼翼行进
>
> 仿佛在运送稀世珍宝
>
> 身边的夫人挽袖执帚
>
> 让我想起所谓"保驾护航"
>
> ……

因为怕书搬来搬去被损坏，他不用车，一天要跑好多趟，成为街头引人注目的流动风景。

如果说书是美色的话，我常杞人忧天，纸张和文字的生命远比个体的鲜活血肉长久，一个人快要死去，留下他的苦心经营的万卷藏书，会不会有丢下美妻、撒手人寰的不舍？

所以，我还是喜欢美学家朱光潜对读书的态度，既然人都是要死的，既然死时什么也不能带走，书也不例外，还不如让更多的人去发现书的价值。

朱光潜在晚年，曾让一位到他那里联系工作的年轻朋友任意从他的书架上选取看中的图书。年轻人不敢去取，老先生自己抽下来两部书让他强行带走，一部是《红楼梦》，一部是《西游记》，都是书顶、书口刷了金粉的特装本。朱先生果然懂得"美"的真正内涵。把深爱的东西分散给能爱的人们，使所爱的东西能够找到归宿，也是一种大美吧。

第二辑：闲说漫侃

较真的文人

文人喜欢较真。

画家齐白石爱较真。不了解他的人，还以为他是个财迷。他曾在客厅里公开悬挂润笔价格："花卉加虫鸟，每只加十元，藤萝加蜜蜂，每只加二十元，减价者，亏人利己，余不乐见。"一次，有人请他多画了一只虾，这只虾显得毫无生气。那人纳闷，齐白石说："你要添的这只虾不在价钱之内，所以画了只死虾。"

书法家、鉴定家、收藏家沈剑知，较真起来也很有趣，有一次，别人求他写条幅，他接过来人的纸张，一阵抚摩，冷冷地说："纸太劣，恐有损我之佳笔。"坚决不写一字。

较真，还是一种让人钦佩的诚信。

丰子恺在《湖畔夜饮》里回忆与郑振铎的一段交往，有一段文字委实让人难忘。他写两人一起吃饭，饭毕，郑振铎没带钱，丰子恺摸出五元钞票来，把账付了。但只过了一天，郑振铎来看他，摸出一张十元钞票说："前天要你付账，今天我还你。"弄得丰子恺又惊奇又发笑，拒不接受，只好邀请众多好友，以这十元钞票请客，酒宴散后，正遇春雨，丰子恺送郑振铎一把雨伞，目送他走远，心想："他明天不要拿两把伞来还我！"

读到此处，真为两人的诚挚友谊所感动。也许真正的友谊，就是这种"亲兄弟明算账"吧。

叶兆言在一篇文章里记述的李叔同的一件趣事，更可作为文人守信的典范。

夏丏尊与李叔同在浙江师范学堂教书时，一个学生偷了别人的东西，兼任舍监的夏丏尊很着急，问李叔同怎么办。李叔同出主意：你当老师的先向学生认错，如果学生不认错，老师将自杀谢罪，话说的这么严重，学生一定会出来认错的。夏丏尊问，但是学生不站出来认错，怎么办？李叔同非常认真地说："那就应该自杀，怎么可以欺骗学生！"夏丏尊是李叔同的好朋友，李叔同的对策当然没有歹毒的用意，因为只有李叔同这样的人，才可能想得出这样的对策。夏丏尊犹豫了一天，想想自己上有老，下有小，还是采取别的方法为妙。

教书百态

蒲松龄觉得做老师很窝囊，他坐馆三十年，每年最多能挣八两银子，在当时最多能维持一个三口之家半年的生活，所以他曾写过一首打油诗："墨染一身黑，风吹胡子黄。但有一线路，不当孩子王。"

到了现代，文人教书的待遇大为改观，比如熊十力应上海复旦大学之聘，提出一个要求，只接触教授，不接触学生，每饭必备一鳖；林琴南在北京大学授课完毕，一定要到监督室喝牛奶解渴疗饥；至于黄侃，更是和校方约定，下雨不来、降雪不来、刮风不来之约，被称为"三不来教授"。

好在脾气怪的老师，知识水平和脾气成正比。

当然，也有更多的文人是没有什么架子的。

梁实秋上课时，黑板上从不写一字，他说"我不愿吃粉笔灰"。吴宓上课却坚持自己擦黑板，有一次找不到黑板擦，他居然用自己的衣袖擦。有一次，学生的考试时间从上午八点到下午两点，他自己陪考，不吃中餐不说，这中间还亲手送上糕点、茶水，为了让学生知道西方礼仪，就自掏腰包带他们体验西餐，和学生上街，遇车疾驰而来，他总是用手杖一拦，让学生先走。吴宓这种视生如子的关爱，让人想起李大钊在北京大学教书时，被学生亲切地称为"老母鸡"。因为他"总带着一群'雏鸡'，或者只要他'咕！咕！'叫两声，就会有一大群'雏鸡'都围集在他身边，领受他的爱抚，接受他的引导"，就是"老母鸡"这个绰号，李大钊也谦逊有加，一天他得知学生背后这样叫他，笑着说："哪里！哪里！"

夏丏尊虽说也抱怨过做老师苦，他曾撰联云："不如早死，莫作先生。"尤嫌不够，又加以补充："命苦不如趁早死，家贫无奈作先生。"然而牢骚归牢骚，他教书也认真，学生喜欢他，在浙江第一师范教书时，因为"肥肥胖胖，笑起来有如弥陀菩萨"，所以学生称之为"夏木瓜"，夏丏尊也怡然受之。

现代文人同"教鞭"打交道的，还可以开出一长条的名单：鲁迅、周作人、林语堂、郁达夫、胡适、梁实秋、冰心、徐志摩、刘半农、朱自清、俞平伯、闻一多、叶圣陶、沈从文……

他们以自身的才学和人格魅力去吸引学生，各人性格不同，教法也不同，可谓异彩纷呈。

梁实秋回忆梁启超上课，说他开场白只有两句，头一句是："启超没有什么学问——"眼睛向上一翻，轻轻点一下头："可是也有一点了！"接下来非常投入地讲古诗，"有时掩面，有时顿足，有时狂笑，有时太息""悲从中来，竟痛哭流涕而不能自己"，有时又"涕泗交流之中张口大笑了""每当讲过，先生大汗淋漓，状极愉快"。

闻一多曾写有诗歌《夜歌》，开头就是"癞虾蟆抽了一个寒噤，黄土堆里钻出个妇人"，颇有点毛骨悚然的味道，大概是由于对夜的偏爱，他喜欢在夜间上课。在西南联大任教时，他经常要教务处将上午的课移到晚上。而晚上，他偏又穿一件黑色长袍进教室，虽是昂然而入，怕也会吓学生一跳。他还掏出烟盒笑着问学生："哪位吸？"学生们也笑，哪敢接？他就自己点起一支，吐云吐雾之间，拖长声调念道："痛饮酒，熟读《离骚》，方得为真名士！"然后才开始正式讲课。

徐志摩的诗人风度不在闻一多之下，诗人卞之琳回忆："他给我们在课堂上讲英国浪漫派诗，特别是讲雪莱，眼睛朝着窗外，或者对着天花板，实在是自己在作诗，天马行空，天花乱坠，大概雪莱就是化在这一片空气里了。"徐志摩有时干脆把课堂移到室外，让学生躺于草坪之上，看白云，听鸟语，和他一起在自然之中畅游诗国。这样一位教员，要是放在现在，恐怕早被开除了。

和这些名士的潇洒出尘不同，沈从文第一次登上讲台时，极为胆怯。年纪轻轻，他就以小说蜚声文坛，第一次登台授课时，学生对他期望很高，来者甚众，他大约从来没有过这阵势，竟呆站近十分钟，一个字也讲不出来。后来总算开了口，一边匆匆讲述，一面匆匆板书提纲，原本预定授课一小时的内容，竟在十多分钟之内全授完了。他再次陷入尴尬之境，只好拿起粉笔在黑板上如实写道："我第一次上课，见你们人多，怕了。"下课后，学生说沈从文半个小时讲不出一句话来，颇有微词。议论传到胡适耳里，胡适笑着说："上课讲不出话来，学生不轰他，这就是成功。"

上古史专家蒙文通是位耿直人，在北大任教期间他一次没到校长胡适家里去拜访，钱穆称"此亦稀有之事也"。后来，他在四川大学任教时，因为批评当时的校长而被解聘。如果这事搁现在，稍微有点本事的被解聘的教师肯定是另择高枝了，所谓"此处不留爷，自有留爷处"，何况像蒙文通这样对历史、思想史、佛学都极有研究的经学大师？

但是蒙文通却若无其事，他还是照样去上课，并振振有词："我可以不拿钱！但我是四川人，不能不教四川子弟。"哪里去请这样不要工资的老师？校长也就听之任之了。

当代学者陈平原说，"在这个世界上，没有比'大学'更为充满灵性的场所了，人世间一切场所，唯有大学最适合做梦、写诗、拒绝世俗以及容纳异端。如果连大学校园里都'一切正常'，没有任何特立独行与异想天开，绝非人类的福音。"用这段话来注释那些特立独行的传承中华优秀文化薪火的大师，是再恰当不过了。

自嘲百态

孔子是善于自嘲的大师级人物，他在郑国与弟子们走散，独自在东门外彷徨。子贡到处找老师，有一个人告诉他说："东门外站着一个人，看上去就像丧家之犬的那位，是不是你的老师啊？"子贡找到孔子并且转述了那人的话，孔子苦笑着说他形容得传神："是啊，我确实像条丧家之犬啊！"

孔子在乱世之中到处游说，到处碰壁，尴尬又沮丧。他能认识到这一点，说明他是十分自知的。看来，自嘲的第一要素，就是要有自知之明。

魏晋文人刘伶是喝酒的高手，也是自嘲的高手。刘伶醉酒之后，并非如死猪一般酣睡，他能妙语如珠，令人莞尔。他瘦小干巴，其貌不扬，有次喝醉酒之后，与人发生冲突，那人捋出袖子伸出拳头准备"修理"刘伶，刘伶也把衣服撩起来，不过他不是来动武的，他露出狰狞可数的一排排肋骨，慢条斯理地说："你看看，我这鸡肋骨上有您放拳头的地方吗？"那人大笑着离开了。刘伶及时的自嘲，有四两拨千斤之效，不但免了一顿皮肉之苦，还留传下来一段佳话。

自嘲还需有开阔的胸襟垫底。因为胸襟开阔的人，一般都比较幽默，而幽默的一条重要原则，就是宁可取笑自己，绝不轻易取笑别人。自嘲，是自知、自娱和自信的表现，是一种高级幽默。

宋朝诗人石曼卿，气宇轩昂，诗酒豪放。有一次，石曼卿乘马，马夫一时失控，马受惊疾走，曼卿坠马落地，摔得不轻，马夫吓得要命，但他慢悠悠地对马夫说："幸亏我是石学士，如果是瓦学士的话，岂不早被摔碎啦？"

最近看到两则墓志铭，写的特别风趣、充满自嘲。一位是书法家启功，他六十六岁时自撰墓志铭。铭文曰："中学生，副教授。博不精，专不透。名虽扬，实不够。高不成，低不就。瘫趋左，派曾右。面微圆，皮欠厚。妻已亡，并无后。丧犹新，病照旧。六十六，非不寿。八宝山，渐相凑。计平生，谥曰陋。身与名，一齐臭。"

还有一位是著名戏剧家翁偶虹，他在一九九三年不幸病逝。这篇《自志铭》是翁先生生前对自己一生的总结："是读书种子，也是江湖伶人。也曾粉墨涂面，也曾朱墨为文。甘作花虱于菊圃，不厌蠹鱼于书林。书破万卷，只青一衿；路行万里，未薄层云。宁俯首于花鸟，不折腰于缙绅。步汉卿而无珠帘之影，仪笠翁而无玉堂之心。看破实未做，作几番闲中忙叟；未归反有归，为一代今之古人。"

诗人北岛说，依他看，没有多少中国文人懂得自嘲，故非重即轻。我的理解是，自嘲的轻重很难把握，自嘲过轻，如隔靴搔痒，有矫情之嫌，而自嘲过重，将自己贬得一钱不值，又近于自轻与自贱了。

启功的"身与名，一齐臭"，有些言重，翁偶虹的自嘲恰如其分，"宁俯首于花鸟，不折腰于缙绅"，大概也是所有擅长自嘲的文人最本质的底蕴。

因为职业的原因，文人常常受到各种攻讦，文人选择自嘲，潜意识里就有这样的心理：我自己早就嘲笑过甚至"自轻"过自己了，你再处心积虑地挖苦我，又有什么劲？

如贾平凹秃顶，他说到秃顶的好处，其中第二条就是"没小辫可捉"，真是绝妙的一语双关，而他其他诸如省洗理费、能知冷知晒、有虱子一眼就能看到、随时准备上战场、像佛一样慈悲为怀、不会被削发为民、怒发而不冲冠等，无一不透着"聪明绝顶"的高级幽默。

天堂里有没有驴叫

史上最早患麻风病的名人，应该是被誉为"建安七子"之首的王粲。麻风病的潜伏期一般为三到五年，但是在王粲身上却整整潜伏了二十年。

二十一岁那年，王粲遇到名医张仲景，张仲景对他说："你有病了啊，如果不早点治，到了四十岁，眉毛就会掉啊，眉毛掉光之后再过半年，你就会死，如果现在去吃五石散，还有得救。"王粲不高兴了，别危言耸听了，不就想让我推广你发明的新药吗？

原来这五石散正是张仲景发明，由石钟乳、石硫黄、白石英、紫石英、赤石脂几种石头熬成，还加点别的什么药，但是这药副作用大，当时谁都不敢吃（后来才由曹操的干儿子何晏吃开了头，流行一时）。

张仲景送了王粲一些五石散，指望着王粲去给他当"试药员"，哪知张仲景一走，王粲就把药扔了，王粲觉得自己根本没有病，不就是个子矮点，长得瘦点嘛，找媳妇有点困难而已。

几天之后，张仲景见到王粲，问："吃了我的散没有啊？"王粲骗他："吃了，吃了！"张仲景把他左看右看上看下看，摇摇头说："看你的样子，压根没吃，你就等着掉眉毛吧！"

那时候，麻风分枝杆菌已经开始干扰王粲细胞内的废物清除过程，对他的表皮细胞进行破坏了，所以王粲除了个子瘦小，皮肤也是非常粗糙暗淡，如此形象不佳，让他的婚姻问题成了老大难。

在本地找不到媳妇，王粲和堂兄跑了好远的路投奔刘表。因为王粲在文学上崭露头角，刘表说要把女儿嫁给他，但他一看王粲身体瘦小，就改了主意，将女儿嫁给王粲的堂兄了。

后来曹操攻占荆州，王粲弃暗投明，随曹操回到中原，曹操重用王粲。王粲终于过上了幸福生活。"建安七子"之中，除了孔融常与曹操对着干，不合群之外，王粲等六个人，常和高干子弟曹丕一起喝酒、开诗歌朗诵会。

那真是一段快乐的时光啊，朗诵会上，每个人都要表演节目，王粲最拿手的节目是学驴叫。谁都知道驴子矮小，但一旦叫起来，它的表现完全可以用炽烈热情来形容，王粲也一样，他那瘦弱的身躯蕴藏着巨大的能量，由他口中发出的豪放的"啊哦啊哦"，具有一种震撼的凄凉之美。

可惜，王粲的驴叫生涯没有持续几年，在他体内潜伏了二十年的麻风病毒爆发了，真的像张仲景说的那样，他的眉毛开始掉了，半年之后，他就死了。

曹丕为王粲举行了隆重的追悼会，他深情地对参加葬礼的人说："王粲生前就喜欢学个驴叫，天堂里面啊，不知有没有驴子，为了寄托我们的哀思，且让我们学一声驴叫，为他送行吧！"说完，他就带头学了一声驴叫，祭吊的宾客也跟着学起了驴叫，一时间，各种音色和风格的驴叫声交织一片，此起彼伏，真是哀情鼎沸，盛大壮观，这应该就是我国最早的集体行为艺术了。

看来，曹丕并不像逼曹植作七步赋诗那样的心狠，他其实是一个相当有人情味的家伙。

细　腰

　　季羡林生前写过一篇有趣的随笔《我的美人观》。他在这篇文章里着重谈了对"细腰"的认识。说古时候男女都在为果腹奔波，他们的腰都是粗而又粗的，大概是到了先秦之后，情况才变了，因为"《诗经》第一篇中的'苗条（窈窕）淑女，君子好逑。'苗条二字，无论怎样解释也离不开妇女的腰肢"。接着又分析细腰为何会同美联系起来，他使用德国心理学家Lipps的"感情移入"剖析说，细腰美女步调轻盈、柔软，让男性产生感情移入效应，觉得自己与细腰美女化为一体，飘飘欲仙。因为"真诚的喜悦，同美感是互相沟通的"。

　　对于这种见解，我是持尊重态度的，但我一向喜欢从实用主义的观点出发推论大众的喜好。关于几千年来男人为何爱细腰这个问题，也喜欢以实用主义的思维方式忖度。

　　"楚王好细腰"这个典故，常常给人一种误解，好像一说起细腰女子就想到病态女子，那种把自己饿得奄奄一息，扶着墙才能站起来的女子。

　　其实不然，细腰女子大都是健康女子。

腰肢柔韧如簧，灵活摆扭，尽展生命活力。柳永有词云："世间尤物意中人，轻细好腰身"，秦观也对"杨柳小腰肢"的歌伎不能忘怀。这些细腰歌伎虽然没有经过严格的舞蹈训练，但身体素质绝非病病怏怏的林黛玉可比。

据现代科学研究，细腰女子雌性激素分泌旺盛，细腰能让身体形成沙漏形状，怀孕机会几乎是腰粗的同龄女子的两倍。唐明皇与杨贵妃那样恩爱，就没有生过孩子，有人猜想是杨贵妃太胖、腰粗的原因。

这样看来，男人喜好细腰女子，实际上暗合了传宗接代本能的选择。

其次，细腰女子能够满足男人的征服欲，盈盈一握的小蛮腰，更便于男性的掌控。

池莉有一篇小说叫《细腰》，说一个退休的老干部去会他的情人，情人的"腰肢还是那般的纤细，盈盈一握；人却是已经老了"。小说中，老干部有一个很经典的动作，"突然握住了面前的细腰"，老干部的心思昭然若揭：年轻的时候，由于顾忌名声和地位，错过了这个女人，现在退下来了，想在暮年主宰她。这个握住细腰的动作，恰如其分，假设换成了"突然吻住了她的唇"之类，那就虚假得吓人了。

今天，女性正在走出男权主义的阴影。传宗接代这件事，似乎也不需要再依赖男人了。英国一家实验室已经宣布培育出了人造精子，甚至有人预言，未来人类可能会与机器人结婚。然而，绝大多数年轻和中年女性还是非常在意自己的腰围的，并非是想取悦男人，有时候，根本上就是为了免受同性歧视。

看到一则博客，博主说她某天去逛商场，看中一套裙子，就问："这条裙子多少钱？""两尺的腰。"小姐看了一眼她，不动声色地答非所问。当时，她真想找个地缝钻进去，后来，她当然没钻地缝，而是钻进了一家卖减肥药的专卖店。

可爱的"细君"

古代男子对他人称自己的妻子一般为"拙荆"或者"内人",至少在女权主义眼中,这两个称呼摆脱不了男尊女卑的观念,略有歧视女性之嫌。近日读韩愈的《岳阳楼别窦司直》,发现韩愈称妻子卢氏为"细君",不由眼前一亮。

作为监察御史的韩愈因上言直陈关中旱情,被贬到广东阳山当县令,面对阳山的穷山怪石,他发出哀叹:"阳山,天下之穷处也!"

唐朝的律法规定,被贬官员的家属不得留于京师。卢氏随韩愈到阳山后,自己动手,丰衣足食。卢氏聪明好学,一点官太太的架子也没有,她向当地农民学会了养蚕织丝的技术,以补贴家用。

韩愈在《岳阳楼别窦司直》一诗中说:"细君知蚕织,稚子已能饷。"

老婆已经会养蚕织丝了,小儿子呢,也能为他妈妈送饭了。

为什么称卢氏为"细君"?

一说,东方朔的老婆叫细君,后来用作妻子的代称;一说,"细君"为"细瘦之君"的简称,是男人对妻子最疼爱的称谓。

韩愈称卢氏为细君,应该是怜惜她因"知蚕织"变瘦了吧?看着所爱的人,跟着自己吃苦操劳,衣带渐宽,哪会不心疼呢!

唐朝诗人很是大男子主义,即使骨子里特别疼老婆,也不肯写首诗公然赞美。韩愈就是这样,然而,从一些小细节,还是可以看出,韩愈是真的疼卢氏。

回过头来追根溯源说"细君",这个称呼的确最早出自东方朔之口。

但东方朔的老婆真的叫"细君"吗?

看看这个记载在《汉书》里的故事。

一个大热天,汉武帝下令赏肉给官员。分肉官到天黑了还不来,东方朔独自拔剑割肉,扬长而去,分肉官向汉武帝告状,汉武帝责问东方朔:"昨天赐肉,你不等诏令下达,就用剑割肉走了,这是为什么?"东方朔谢罪后说:"东方朔呀!东方朔呀!受赏不待诏,多么无礼啊!拔剑割肉,多么豪壮啊!割肉不多,多么廉洁啊!回家送肉给细君吃,多么爱她呀(归遗细君,又何仁也)!"汉武帝哈哈大笑:"让你自责,你倒好,反过来夸自己!"又赐给他一石酒、一百斤肉,让他回家送给那个"细君"。

东方朔称老婆为"细君",并非老婆的名字叫细君。"细"是小的意思,"细君"就是"小皇帝",一个男人,能够殷勤谦卑地像臣子侍奉皇帝那样侍奉老婆,那老婆还不美死?封建社会,向来都是女人把男人当大爷,女人看男人的脸色活得战战兢兢,男人能够掉过头来讨女人欢心,还真是稀罕。

其实,东方朔并非是个好老公。《史记》记载东方朔把钱都花在了女人身上,"徒用所赐钱帛,取少妇于长安中好女。率取妇一岁所者即弃去,更取妇。所赐钱财尽索之于女子。人主左右诸郎半呼之'狂人'。"他经常用皇帝的赏钱娶长安美女为妻,然而最多保持一年兴趣,就休掉再娶,同事们半是嘲弄半是嫉妒地称他为"狂人"。

这样一个花心鬼，哄起女人来也真有一套，称老婆为"细君"，至少是在一段时间里，在他还没有喜新厌旧之前，还是真心地疼老婆的。

清代的郑板桥是一个怜香惜玉之人，他写过一首《细君》："为折桃花屋角枝，红裙飘惹绿杨丝。无端又坐青莎上，远远张机捕雀儿。"

桃红、柳绿、草青、人美，为了折屋角上的一枝桃花，女子穿着红裙爬上高高的杨树。一会儿又坐在草地上，布下罗网去捕鸟雀。

这位娇俏可爱、天真烂漫的少妇，就是郑板桥娶的小妾饶氏，他娶饶氏时已四十五岁，饶氏才十九岁。

当时郑板桥已有了正妻郭氏，但他极宠饶氏，所以称饶氏为"细君"。

现代诗人朱湘给霓君写情书，给霓君讲东方朔割肉的故事，并拿自己和东方朔相比，说："这个故事，我的霓君，我的细君，我的小皇帝，你看这有点趣味吗？我如今在外国省俭自己，寄钱给你，别的同学是不单不寄钱回家，有时还要家里寄钱，你看我比起东方朔先生来，也差不多吧？我想我寄回家的钱，总不止买一条猪罢……"

"细君"这个爱称，远比"老婆"来得隆重，比"妻子"来得俏皮。如果你爱一个人，又想不落俗套地斯文一点，不妨深情款款地称她为"细君"吧。

说"虫"

现在，"虫"的解释指昆虫。但是"虫"曾经是所有动物的总称。吴承恩在《西游记》写孙悟空大闹阎王殿时，在地府的文簿上发现了"裸虫、毛虫、羽虫、昆虫、鳞介之属，俱无他名"。古人认为人体既无羽毛也无鳞甲，赤身裸体，所以称人为"裸虫"了，而"毛虫"指的是身上有毛的野兽，并非今天的"毛毛虫"，"羽虫"指的是有羽毛的鸟类了，"鳞介"又称"鳞虫"，指的是鱼类。就是现在说的"甲虫"，古人指的是乌龟，并不是今天金龟子、瓢虫之类的有硬壳的昆虫。

韩非子大概是第一个研究"虫"的文人。古人以蛇为主干，又配之以马头、鹿角、兽爪、鱼鳞和鲸的须唇，构成奇特的大杂烩，古人又认为龙"能为大，能为小；能为幽，能为明；能为短，能为长"，如此神通广大，韩非子却说龙属虫，性情温顺，可以驯养、游戏、骑乘，只是它的喉咙下端有两条一尺长的倒鳞，人要触动它的倒鳞，它就会翻脸杀人。韩非子还著有《五蠹》的名篇，将当时流行的儒家、侠客、纵横家、商人和依附权门者列入"蛀虫"之列，加以讨伐。他认为只有清除掉这些腐蚀国家的蛀虫，才能更好地推行法治，真是锋芒毕露，语气专断，让人生畏。

相比之下"滑稽之雄"东方朔论述"怪哉"之虫却可爱得多。

汉武帝见到一条红色的虫子，居然脑袋、耳朵、鼻子、牙齿一应俱全，无人能识，就问东方朔。东方朔说此虫为秦朝百姓的冤魂所化，名为"怪哉"，只要用酒一泡即可消灭。汉武帝让人将虫子捉来放在酒中，顷刻化为乌有。东方朔解释说凡是忧愁之人，喝酒自然解除了，虫子也一样。

当然这是传说，不可信。

鲁迅的《从百草园到三味书屋》，写"我"在百草园里见识了那么多有趣的虫子，鸣蝉，黄蜂，油蛉，蟋蟀，蜈蚣，斑蝥，嫌不够多，还要问老师一种叫"怪哉"的虫子，老师却恼怒地生硬地回了一个"不知道"。

其实东方朔论述"怪哉"之虫是蛮可爱的，这位古板的老师的拒绝回答，是以恼怒遮掩自己的无知，还是认为"我"的问题是旁门左道，不屑答之？

可能是后种吧。古代文人虽然喜欢以虫入诗，比如"孤骨夜难卧，吟虫相唧唧""雨中山果落，灯下草虫鸣""今夜偏知春气暖，虫声新透绿窗纱"这些都是写虫的名句，但是他们多以虫寄托自己的闲情忧思，对虫本身却向来是瞧不起的。

扬雄说："童子雕虫篆刻，壮夫不为也"，韩愈诗云："尔雅注虫鱼，定非磊落人"。

殊不知，虫虽小，但论族群，在动物世界中是大家族，当今已知动物物种大约有一百一十万种，而昆虫就占了九十万种之多。而且虫子身上有一种不屈不挠、发奋钻研的精神，要不，老北京怎么会有这句话：这人要是精，成不了龙，也得成个"虫儿"。譬如，人们将那些入道时间长、专业技术高的人称为"虫儿"。

小小虫儿身上，其实有不少优良的品质值得人类学习。

自称最高文凭是汽车驾驶执照的童话作家郑渊洁，曾讲过自己给虫子平反的事，说他读小学四年级时，老师出了道作文题，叫"早起的鸟儿有虫吃"，这句鼓励和赞美勤劳的古老谚语，从来都没有人怀疑过，郑渊洁却执意要将它改成"早起的虫儿被鸟吃"，老师讥讽他，他据理力争，说鸟儿早起就为吃虫，虫子早起自然被早起的鸟吃掉，所以虫儿就该睡懒觉。结果老师生了气，后来他因此辍学了。

看得起虫子，与虫子和谐地相处才是人类的进步。与自然相处时，让虫子麻麻痒痒地在身上咬上几口，又何妨？

作家韩少功说他的小说的英译者拉芙尔女士来到八溪峒住了几天，挠着腿上一串红斑时说："你们这里的生态环境还不错，居然还有蚊子！"而她来自一个长时间里靠大量化学药剂灭杀蚊虫的地方，所以作家感叹："奇痒的红斑不但是乡下生活的入门密码，还是生态安全的必要标志。"

文人与枣

最初从文学作品中见到关于枣的记载是《诗经》吧，《诗经》里有"八月剥枣，十月获稻，为此春酒，以介眉寿"的句子，人们在翻译时，往往将"剥"翻译成"击打"，其实，"剥"是"落"的意思，可以想见在那个时候，枣是成熟掉落在地上的，人们并不需要击打，击打是人们后来总结出来的经验。

因为日积月累的经验，人们终于摸透了枣树的"犟脾气"：越是被抽打厉害的，来年结果越多，反之，越是未被抽打的，来年结果就越少。因此，民间有"有枣无枣三竿子"的说法。枣树的这种特性，似乎阐释了一个历史的真理：未经磨难，难有成就；磨难愈多，成就越大。

至少，杜甫是一个例子。无独有偶，这位大诗人也写过枣树，他的《又呈吴郎》劝告吴郎不要小家子气，禁止老妇人到他家打枣。诗中写道："堂前扑枣任西邻，无食无儿一妇人。不为困穷宁有此？只缘恐惧转须亲。即防远客虽多事，便插疏篱却甚真。已诉征求贫到骨，正思戎马泪盈巾。"

杜甫漂泊到夔州时，住在成都西郊的草堂里，草堂前有几棵枣树，西邻的一个寡妇常来打枣，杜甫从不介意，只因老妇人衣食无着、无儿无女，枣树就是她的生活来源。后来，杜甫搬家后，把草堂让给亲戚吴郎，吴郎一来就在草堂周围插上篱笆，禁止他人打枣。杜甫就写下此诗来劝告吴郎。"唐朝诗圣有杜甫，能知百姓苦中苦"，诗圣的悲悯情怀，不知会不会感化吴郎？我没到过现在的杜甫草堂，也不知这几棵枣树如今还在不在？

枣树貌不惊人，但枣花蜜是最好的蜜，枣果被称为百果之王，枣木也是良材。

白居易有《杏园中枣树》一诗："人言百果中，惟枣凡且鄙。皮皴似龟手，叶小如鼠耳。胡为不自知，生花此园里？"先是以自嘲语气写枣树丑陋没有自知之明，来到这个世上纯属错误，然而接下来却说："东风不择木，吹煦长未已。眼看欲合抱，得尽生生理"，赞美枣树旺盛的生命力是谁也挡不住的，诗末云："寄言游春客，乞君一回视。君爱绕指柔，从君怜柳杞。君求悦目艳，不敢争桃李。君若作大车，轮轴材须此！"只有忍辱负重的枣树是担负重任的良材。

枣树在鲁迅先生的《秋夜》里最是让人费解："在我的后院，可以看到有两株树，一株是枣树，还有一株也是枣树"，当时的文学批评家李长之指责鲁迅这种写法"简直是堕入了恶趣"，鲁迅讥讽他为"李天才"，言外之意：李长之乃天生的蠢材！后来有学者研究出这两株枣树一株象征鲁迅，一株象征周作人，两兄弟隔膜很深，互相孤立；还有人说"一株是枣树，还有一株也是枣树"是作者无聊寂寞心境的外化：连树都是如此单调！鲁迅希望一株是枣树，另一株最好是别的什么树，可另一株树竟然也是枣树！

我却不以为然，枣树，在逆境中顽强地生长，在孤寂中壮大。鲁迅在《秋夜》中还写道："但是，有几枝还低亚着，护定他从打枣杆梢所得的皮伤，而最直最长的几枝，却已默默地铁似的直刺着奇怪而高的天空"，枣树在先生笔下，其实是黑夜中正义的灵魂，也是先生无声的、顽强的自我象征，这种写法只是表明他对枣树的偏爱，强调自己的人格和立场罢了，这一点，和白居易是相通的。

同时代的郁达夫写有一篇名作《故都的秋》，选入中学语文教材很久了，可惜的是大多数老师没有注意这篇文章中关于枣树的描写，"北方的果树，到秋来，也是一种奇景。第一是枣子树；屋角，墙头，茅房边上，灶房门口，它都会一株株地长大起来。"

这段文字看似闲笔，其实颇具深意，枣树不择地点的顽强生长，随遇而安，不就是郁达夫颠沛流离又不甘沉沦的生活写照吗？

当下，不少名家的作品中出现了枣树的影子，比如叶兆言的《枣树的故事》，似乎是先锋小说的路子，枣树在其中只是一个道具，在文中闪烁不定，让人有些看不懂了。

相比而言，我还是更喜欢苏东坡笔下的枣树："簌簌衣襟落枣花"，米粒大小的黄绿色枣花轻轻飘落衣巾，若有若无，好像柔软的"绿色雪花"，只有敏感的诗人才能用心灵捕捉它落在衣巾上的声音。

现在热衷繁华与高贵的人们，会欣赏娇艳的桃李、美艳的玫瑰、名贵的兰花，对卑微的枣花就少有留意的了。

雪·夜·梅

东晋名士谢安和晚辈喝酒赏雪，突然大发雅兴，问晚辈们"白雪纷纷何所似"，其侄子谢朗接口就来："撒盐空中差可拟"，侄女谢道韫却道："未若柳絮因风起"，谢安大为赞赏，一个"咏絮才女"从此流传千古。"撒盐"与"柳絮"比喻雪到底哪个好，后人一直争论不休。有人说雪的颜色和下落之态都跟盐比较接近，而柳絮呈灰白色，在风中往往上扬，跟雪的飘舞方式不同，但又有人说"柳絮"给人以春天即将到来的感觉，有深刻的意蕴。

假设谢安是一位厨师，他肯定会说"撒盐"妙，和某军阀只能吟出"黄狗身上白，白狗身上肿"的咏雪诗，是一样的道理。但谢安本质上是一个文人，下雪，在文人眼里是一件风雅之事，用盐这种日常生活用品去注解，把人拉进柴米油盐的现实，不是有点扫兴吗？

雪的风雅常常和夜联系在一起。

谢道韫的小叔子王子猷雪夜睡不着觉，忽然忆起剡溪老朋友戴逵。乘船前往戴逵家中，"经宿方至，造门不前而返。人问其故，王曰：'吾本乘兴而行，兴尽而返，何必见戴！'"后人极为钦慕这种高蹈出世、放达超脱的生活态度，想必与雪的关系相当大，想想如果是一个雨夜，王子猷拖泥带水，落汤鸡般出现在朋友门前，又哪里谈得上"乘兴而行"呢？雪在这个故事里，成为一个很重要的道具，雪的一尘不染正暗合了那种不带任何功利目的、清雅超尘的人际关系。

自此，"雪夜访友"仿佛成为一种雅事。

一九三六年，杭州《越风》杂志编辑黄萍荪化名"冬藏老人"写了一篇《雪夜访鲁迅翁记》，他在文中写道"迅翁的脾气，虽有很多地方不近人情，但毕竟还有几分可爱之处，余器其才久，思慕其写阿Q传时的神态尤切，屡欲造访，终因其秘居隐身故不获见。本月上旬，上海初雪，北四川路一带，如银洒地。余得某君之介，持函往访，今记其经过于后……"

后来据曹震、倪墨炎、徐重庆等人著文披露真相，这竟是一次虚构的"雪夜拜访"，黄萍荪自己也承认"这篇文章有招徕读者之心"，他并没有到过鲁迅家里，却以"雪夜"作背景，绘声绘色差点以假乱真。

李国文先生在《中国文人的活法》中认为当时王子猷只不过是作秀罢了，他从剡溪回到山阴，"不那么张扬的话，除了他自己，和几位划了一夜船、已经筋疲力尽的船工，没有人会知道这次忽发奇想的旅行"。

而再看黄萍荪如此虚拟"雪夜访鲁迅翁"，我突发奇想，王子猷当年"雪夜访戴"该不也是虚拟的吧？会不会也是一场想象中的雪夜之旅？

即使是真的，也有点不近人情，既然大老远跑到朋友那里去，干吗不找他喝点酒呢？像白居易在雪夜和刘十九围炉对酒、促膝夜话，不也是人生一大乐趣吗？白居易《问刘十九》中描绘的场景多具诱惑力啊：绿蚁新醅酒，红泥小火炉，晚来天欲雪，能饮一杯无？

那天在朋友家吃饭，吃饭前，朋友让他的小女背唐诗给我听，开口便是这一首，她的诗一背完，我喝酒的欲望竟被勾起，要与朋友推杯换盏，朋友怅然一笑：可惜现在没下雪，我所在的小城已经很久没下雪了。

我再问小女孩："绿蚁新醅酒"是什么意思，小女孩撇撇嘴："你这个都不知道？绿蚂蚁酿的酒啊，有保健作用哦！"我和朋友相视苦笑，小女孩是电视广告看多了吧！

正像城市里下雪的时候也越来越少，现在读纸质书的人也越来越少，那么被古人视为人生一大快事的"雪夜读禁书"，也就更是难上加难了。

文人常常将雪与梅相提并论。

宋代诗人卢梅坡一定要将雪和梅分个高下，最后不得不承认雪与梅打个平手：梅须逊雪三分白，雪却输梅一段香。雪与梅是孪生姐妹，所谓"有梅无雪不精神"，李渔这位古代最有"小资情调"的文人，常常在天欲下雪之时，带"帐房"上山。这"帐房"和我们现在的帐篷差不多，里面有炉有酒，帐篷三面封闭只留制作成网状的一面，背风而立，以待赏雪观梅。他还总结出爱梅之人的遗憾：对梅来说，"有功者雪，有过者亦雪"。雪助花妍有功，雪冻花是过。人生在世哪来十全十美的事情？爱恨功过不过是相生相克罢了，现实生活中"成也萧何败也萧何"的故事，不是每天都在上演吗？

还有一首据说是化腐朽为神奇的咏雪诗，更被作为数字诗的经典一直流传：一片两片三四片，四片五片六七片，七片八片十来片，飞入梅花都不见。

此诗最早应为公安派的领袖人物袁中郎所作的儿歌。但是后来，这首诗出现了几个版本，人们依据个人喜好将此诗"嫁接"于不同人物身上，以说明他们的机趣才智。

有一种说法是徐文长"一片一片又一片"地作咏雪诗，前三句尚未念完，众秀才已是笑倒成一片，讥他只认识得数字和"片"字。徐文长不紧不慢吟出第四句"飞入梅花都不见"，秀才们大惊失色，鸦雀无声。

还有一种说法是某年冬天下大雪，乾隆和他的文学侍从沈德潜外出赏雪，这位一生写了近万首诗，却无一首流传的皇帝诗人，面对纷纷扬扬的大雪，诗兴又上来了：一片一片又一片。众人拍马屁纷纷叫好。乾隆自我感觉良好地继续吟道：三片四片五六片，七片八片九十片。乾隆还要再数下去，沈德潜跪下奏道：皇上的诗太好了，请让臣狗尾续貂。经恩准之后，沈德潜接上一句"飞入梅花都不见"，算是帮乾隆又完成一篇杰作。

还有人说这诗是郑板桥的。现在看来，这首诗的版权归属并不重要，反正这些名人都已作古。倒是今人，也许应该从网络、手机、电视里挤出时间读点诗了。

前段时间，看到网上有一位朋友跟帖评论此诗，说这首诗居然不被笑死而被推崇，实在悲哀，"飞入梅花都不见"，本来应该作"飞入芦花都不见"的，白雪飞入鲜红如血的梅花之中，怎能说不见呢？

不禁莞尔，这位朋友可能不知道世上还有白梅花，王安石先生的"遥知不是雪，为有暗香来"，说的就是白梅花啊。

关于月亮的闲话

中国人爱月亮。光是对月亮的别称就有几十种，诸如玉盘、玉蟾、玉弓、玉钩、玉兔、玉羊、素娥、冰轮、冰镜、桂月、桂轮、桂宫、桂魄、婵娟……简直举不胜举。

"雨巷诗人"戴望舒的名字就是根据月亮而来，屈原在《离骚》里写道："前望舒使先驱兮，后飞廉使奔属"，以风月为马，真是潇洒至极。"飞廉"指的是"风伯"，而"望舒"就是神话中驱月驾车的神，后来成为月的代称。月光的朦胧契合了与戴望舒诗风的朦胧，诗人在世时，如果你喊他一声"戴月亮"，他大概也会会心一笑吧。

月亮可以说是诗人最偏爱的一个意象。

拿李白来说，他一生中创作的与月有关的诗多达三百二十余首，他是古代诗人中最擅长写月的诗人。李白的一生由月亮、酒和诗歌勾兑而成，"唯愿当歌对酒时，月光长照金樽里"，李白的酒在诗里，诗在月下，月又在酒中。

月亮仿佛是李白最好的私交，不"挥之即去"，但可"呼之即来"，用不着半点客套，"青天有月来几时，我今停杯一问之"，你们都不知道月亮的年纪，让我问问他吧！"举杯邀明月，对影成三人"，想找个伴喝酒，月亮你下来陪我吧！"俱怀逸兴壮思飞，欲上青天揽明月"，豪情满怀壮志凌云之时，真想飞到天上和月亮拥抱一番！

李白的浪漫中不仅有豪放，还有近似儿童的天真，"且就洞庭赊月色，将船买酒白云边""暂就东山赊月色，酣歌一夜送泉明"，清风明月本来就不用一钱买，但李白却偏要"赊"来，一个商业性的常用字眼也被他诗化！但既然是赊的，应该也是要还的。诗人不是不讲诚信之徒，他从洞庭、东山那里赊来了月色，还它们以经典的诗句，带给后人审美与精神舒展的乐趣，可谓无价。

李白爱月，给后代取名也忘不了月亮，郭沫若考证出李白的女儿叫"月奴"，但近来又有学者指出，李白女儿名平阳，月奴是他的长子的又一个名字（还有一名叫伯禽）。月奴就是"明月儿"或者"小明月"的意思，这位学者还指出"奴"并不是女子名字的专用，白居易的弟弟就叫金刚奴。不把女儿叫月亮，却把儿子叫月亮，这样看来，李白是不是有点重男轻女呢？

传说李白的死，也与月有关，他在酒醉之后"入水捉月而死"，虽然这只是一种传说，但很多人却愿意相信。人固有一死，这样的死法，也只有在李白身上，才显得如此浪漫，如此唯美。

明代大才子唐伯虎是最佩服李白写月亮的。

唐伯虎年近四十，仕进无门，建了桃花庵别墅，过着"但愿老死花酒间，不愿鞠躬车马前"的逍遥日子。这时他写了一首《把酒对月歌》，开头一句就是"李白前时原有月，惟有李白诗能说"，接着又把自己和李白相比，"我愧虽无李白才，料应月不嫌我丑？我也不登天子船，我也不上长安眠。姑苏城外一茅屋，万树桃花月满天"。

唐伯虎也在怀才不遇、生不逢时的感叹中，把月亮当作知音与寄托了。

将月亮当知音实际上包含着文人的"自我欣赏"的态度，而在古人眼中，月亮主要还是为了"玩"的。比如有一年八月十五，唐代诗人刘禹锡在桃花源的桃花山上，独自饮酒，就"玩"了整整一个晚上的月亮，然后写下一首《八月十五夜桃源玩月》的诗。

诗人们在诗歌里"玩月"，玩出了好多著名的景点："苏堤玩月""玩月亭""玩月坡""玩月洞""玩月池""玩月岩"……只要是月光所及，处处可"玩"。

一个"玩"字，体现的是一种闲适从容的情趣，还是一种大男子主义思想？

俗语云："男不拜月，女不祭灶。"据说，灶王爷长得像个小白脸，女的祭灶，有"男女之嫌"；而月亮有太阴之称，女属阴，传说中月里又住着嫦娥这样的女子，而男属阳，故女人拜拜还可以，大男人不能拜了；还有一种说法更滑稽，说月亮里住着吴刚这样犯了错误的窝囊男人，拜月亮就是拜吴刚了，男人更不能拜。

不能拜，"玩"是可以的。

还"真"有人把月亮从天下弄下来"玩"的。

唐人张读在《宣室志》里就写过这事。说有位擅长道术的周生，在客人齐至的中秋之夜，拿了几百根筷子，用绳子编成梯子，登到天上，不一会儿，天就黑了，月亮没了。再过了一会儿，他从天上回到地上，掀起衣服，露出月亮的一角，满屋子立刻亮如白昼，寒气浸入在场的每个人的肌骨。

古人的想象力还真是丰富，把"玩月亮"描绘得如此活灵活现，读之令人哑然失笑。

清代张潮有一段绝妙的比喻，把"玩月"上升到一个很别致的境界。他在《幽梦影》中说："少年读书如隙中窥月，中年读书如庭中望月，老年读书如台上玩月，皆因阅历之浅深所得之浅深耳。"同样是一轮月亮，因少、中、老年的年龄和阅历不同，"隙、庭、台"观月的地点不同，"窥、望、玩"月的方式不同，所见和所得也大不相同。

一千个读者，有一千个哈姆雷特，一千个人，应该有一千个月亮吧。

但有人说，今天城市已经没有了月亮，现代人的心灵里再没有一片纯净的月色了。其实城市里是有月亮的，只是我们视而不见，我们行走在如织的人流中，很少抬头去看一看天上的月亮，我们的目光追随着广告牌上的变幻的霓虹灯光，心情也总是被纷乱的车灯扰乱。城里人望月的时候是越来越少了，然而却诞生出庞大的"月光一族"——每月的工资一分不剩，全部花光。唯一保留月亮的浪漫和诗意的，可能就是现在的大学生将恋爱约会形容成"晒月亮"了。

"人生代代无穷已，江月年年望相似"，又是一年中秋佳节，碧空如洗，月儿圆圆，让我们从琐事和忙碌的空隙里，抬起头来看看月亮，读一读那些和月光交织在一起的文字吧。

水为财

"水"是个很有趣的字眼，它既可以形容姑娘的姿色，可以代表美，某个女子水色好，是说她漂亮；而"水货"就不是好东西了，这个词大概是湖北人的发明，指的是伪劣产品，有的地方，甚至将名不符实的人也纳入"水货"范围。

但"水"在广东和香港，是代表财的。

香港人说某人有钱，称之为"好叠水"或"大把水"，钱不够时叫"水紧"，花光钱财叫"干塘"，骂人"食水深"，指他赚得太过分。

广东人也视水为财，经常挂在嘴边的"磅水"是交钱，"度水"是借钱，"回水"是还钱，"掠水"是骗钱。广州人则忌讳与水相反的"干"，怕干的原因当然是怕荷包干瘪。所以，他们把猪肝叫作"猪润"，连豆腐干也以"豆腐润"呼之，而"干杯"，则叫"饮胜"。

水与财就这样神秘地联系在一起。

一位记者采访一位富豪，记者印象最深的不是富豪的悍马、飞艇，而是其豪宅内的巨型喷泉，日夜喷珠溅玉，流水不息。记者纳闷，富豪豪宅外的草坪面积足够做飞机场，怎么就安不下一个喷泉呢？富豪说："水为财呀，这个家庭喷泉，让我风生水起，这几年赚好多钱！"

有一位朋友向我讲过类似的故事，不过结局完全相反，说的是东莞一位老板装修豪宅，特意在厨房与客厅之间安装了一个鱼缸，花费近万，再投之以高档水族，银鳞波光，相映生辉。但是，不过几年，他所办的工厂就倒闭了。

水为财，金木水火土，为什么不是金为财？我想，中国人喜欢含蓄和拐弯抹角，金为财是不是太直露太张扬了点？至于土和木，与财也无缘，一个人衣着过时，会说他土，一个人很迟钝，会说他木，一个人很风光，会说他火。

水为财的说法由来已久，然至今没有找到可信的解释。

一种说法是，水与人类生存息息相关，而钱财对我们的生存也不可或缺。但细想，这个理由也站不住脚，土也是我们生存不可或缺的啊；还有一种说法较有道理，说是在古代没有铁路公路，水路在贸易和运输上独占优势，人们靠水路赚得大把钞票，于是就有了"水为财"的说法。

在我看来，水为财其实隐藏着深层的哲学意味，孔子说逝者如斯夫，时间如水，今人说时间就是金钱，等量代换，水就是钱了。双手捧水，水终会渗出，不管我们是一生辛劳或者享乐，寿终正寝，那钱也带不到坟墓里一分。

将名字写在水上

水是生命之母，也是文人的创作之母。细读中国的经典文学，几乎无水不写，写则涉水。

而水中总是漂泊着文人太多的忧愁和伤感。

《诗经》里的很多情歌诞生在水边，原来情与水有着那么多的相似，所谓"柔情似水"，其实应该是"水柔似情"才对。不是每个人都能成为治水的大禹，先人们面对河水的无力正如把握情感的无助："所谓伊人，在水一方。溯洄从之，道阻且长；溯游从之，宛在水中央"，伊人的扑朔迷离好让人心伤；自称"乐水"的"智者"——孔子不会拘泥于男女情长，他要弟子学习水"遍布天下，并无偏私""所到之处，万物生长"的品德与仁爱，他又说"逝者如斯夫，不舍昼夜"，这是语重心长的教诲，更是生命易逝、年华不再的忧伤。

"抽刀断水水更流，举杯消愁愁更愁"，往事如流水，李白希望洒脱地抽刀斩断往事，但是过往就像流水无法摆脱，只好举杯跟往事干杯，而他的"孤帆远影碧空尽，惟见长江天际流"又把友情的忧伤定格在江水之中，让后人永远想念；李清照"花自飘零水自流"，心爱的人如流水一样远去，青春失去了水的滋养，也如娇艳的花朵凋残一地，如果说这种忧伤还是闲愁，那么到了她的"只恐双溪舴艋舟，载不动许多愁"，分明见到她的忧伤已在水中沉没；南唐后主李煜最恨的是"水长东"，他的"问君能有几多愁，恰似一江春水向东流"让人想到水是大地的眼泪，也是文人的眼泪。

文人对水有情，常在创作上将女人和水联系在一起，杜甫的《佳人》"幽居在空谷"，他用水来喻女子的清纯，诗中有这样一句，"在山泉水清，出山泉水浊"，这一点，也影响到曹雪芹吧？他在《红楼梦》里借宝玉之口说"女人是水做的骨肉"，所以《红楼梦》里没有太坏的女人，那些让人讨厌的女人几乎是清一色的衰老，比如赵姨娘、王善保家的、何婆子、马道婆等等。在水边生长的文字飞扬忧伤，在水中终结生命的文人灵动高洁。

少年天才王勃，写下"落霞与孤鹜齐飞，长天共秋水一色"之后不久渡海落水惊悸而死；相传李白是醉入水中捉月而死，而杜甫的死其实也与水有关，晚年他作客耒阳，到岳祠去玩，正好碰上发洪水，被大水所困，十多天没有吃东西。后来，当地县令派船救援，使他脱险。县令备了许多牛肉白酒为他压惊，饥饿难耐的他胡吃海喝，结果因牛肉吃得过多，消化不良而死。杜甫可以说是间接地死于水。

他们的死或许只是一种偶然，但那些主动选择将苦难的灵魂深陷水中的文人，是否将水看成世间唯一净地，来逃避纷扰的尘世？

死于水的文人性多孤高，现代诗人朱湘又是一个例子，他幼年丧母，童年的不幸造成他怪僻倔强的性格，他考入清华学校，因屡犯校规并被开除，他曾不满徐志摩的油滑而在报上刊登启事，与之决裂。他曾说"吾爱友谊，但吾更爱诗艺"，但他又说"做文章误了我一生"，他在生活上处处碰壁，结果不但朋友们疏远他，就连妻子也与他反目。

可怜的诗人学贯中西、才华横溢，却无处就职，穷困潦倒，在上海开往南京的船上，他一边喝酒，一边捧读着海涅的诗，船过采石矶，纵身投入长江自杀，连遗体也没找到，这次投水，诗人似乎是蓄谋已久，因为他是借钱买的船票，他的《葬我》一诗，那结尾就是精确的预言：不然，就烧我成灰，投入泛滥的春江，与落花一同漂去无人知道的地方。

记得英国浪漫主义诗人济慈，曾希望他的墓志铭有这样一句话：我的名字写在水上。这些以水结束生命的人，肉体沉没消失了，但名字是大写在水上的。在水中终结生命，是一部分文人的不可逃脱的宿命和苦涩平静的愿望，而主动选择死在水中的文人，他们其实是选择了一种高傲而绝望的理想。当然，也可以说死于水是一种回归，因为人最初就是在羊水温柔的爱抚中发育成长的，回到水中不知可不可以算是回到熟悉的家？

青山之恋

孔子登东山而小鲁，登泰山而小天下，由于他的称颂，泰山成为天下名山，不光是历代帝王都将泰山作为封禅之地，将泰山和天上的北斗星并称"泰斗"，还引得无数文人都想登到山顶，领略一下"小天下"的滋味，杜甫就发过宏愿："会当凌绝顶，一览众山小"，不过他的气魄比孔子小了许多，由"小天下"降到"小众山"。

"凌绝顶"就真的征服了山吗？孔子也好，杜甫也罢，虽已在历史长河中激起绚丽的浪花，但作为肉体的生命终究如电光石火逝去，而泰山仍然巍然屹立，正是"青山依旧在，几度夕阳红"。

看来，山不仅是一种空间意象，同时暗含时间的张力。"踏遍青山人未老"的豪情，终究敌不过铁定的自然规律。山就像一位稳重、长寿的智者，无言然而德厚，让人心生敬仰。

"人"在"山"旁便是仙。这个"仙"字的造字法，似乎大可玩味。

在古人心中，"仙"都是在山的常客吗？或者说，人傍山而居，逍遥似神仙？

晋代衢州人王质入山砍柴，看到山上有两位神仙对弈，不知不觉中，自己斧柯烂尽。这是影响最大的山中有"仙"的传说，现在各地有烂柯的遗迹不只是衢州，总共竟有十余处之多。

至于诗意地山居，一直以来，都是凡俗之人的奢念。

"松下问童子，言师采药去。只在此山中，云深不知处。"贾岛的《寻隐者不遇》里的隐者，如仙人一样的缥缈和洒脱，我猜想这隐者并不是真有其人，倒像贾岛自己，厌倦了滚滚世间的车马喧嚣、人声鼎沸，于是虚拟了一段与童子的对话，也算是"身在红尘，心在青山"的一种吧。

那么既然征服不了山，也大可不必妄自菲薄，何不坐下来与他交朋友？

像李白独坐敬亭山，把青山作为知己，与之深情对视，"相看两不厌"；像辛弃疾与青山眉目传情："我见青山多妩媚，料青山，见我应如是，情与貌，略相似。"这种平起平坐、不卑不亢的姿态，虽然不乏文人的自作多情，但真正的山人合一，正是这种境界。

很喜欢元朝宋方壶的《山坡羊·道情》中那句"青山相待，白云相爱"。金庸的小说《射雕英雄传》里，作者为了表现黄蓉的聪明伶俐，写她面对"渔樵耕读"中的樵子，唱的正是这首《山坡羊》来答他：青山相待，白云相爱。梦不到紫罗袍共黄金带，一茅斋，野花开，管甚谁家兴废谁成败，陋巷箪瓢亦乐哉。贫，气不改；达，志不改！

后来有人戏称这是"宋代才女唱元曲"，金庸写书时可能尚未想到这一点，但也说明他对这首曲子太喜欢了，"青山相待，白云相爱"，视富贵如浮云，隐居青山不求功名的洒脱，何等令人向往。

因为年轻，不会懂得

有一部美国灾难片，讲述了一架飞机历经磨难最后安全着陆的故事，影片的结尾有这样一个细节：灿烂的阳光下，劫后余生的乘客走下舷梯，一位小伙子面对蓝天，深呼一口气，由衷地慨叹："今天早晨真美！"走在他旁边的中年妇女听到了这句话，转过头对他说："每一个早晨都是美丽的，小伙子，你还年轻，不会懂得。"

中年妇女的话颇有禅意，在她看来，每天早晨都美，即使飞机失事，她的生命在那个早晨毁于一旦，她也会认为早晨是美的。

有一句格言是这么说的：生命是自然的赏赐。正如随风而至、随风而逝。生命怎么来就怎么去，自在如风。既然如此，由于某种不可抗拒的因素，生命回归自然，又有什么可以抱怨的呢？

那位中年妇女的超脱和对人生的了悟让人钦佩，她让我想起宋代的大文学家苏轼。

这位身世坎坷，屡遭排挤和贬谪的诗人，一生"历典八州""身行万里半天下"。按常人推想，对那些迫害他的同行，对那些与他过不去的小人，苏轼应该充满愤懑和鄙夷才是，但是苏轼曾对他的弟弟苏辙说："吾上可陪玉皇大帝，下可以陪卑田院乞儿。眼前见天下无一个不好人。""眼前见天下无一个不好人"，并非苏轼心情愉快时的心血来潮之语，也非文学家惯常使用的"反语"，他说这话的时候，是真诚的，虽然他此时已屡遭小人陷害，其中竟然还有他的所谓"朋友"。

想必苏轼说这番话之前，弟弟苏辙一定是为苏轼打抱不平，情绪激烈地指责过那些算计哥哥的小人。

于是苏轼就对弟弟发出这番感慨，这番话和上面那位中年妇女的话有着相同的内涵，他的潜台词就是："每个人都有美好的一面，弟弟啊，你还年轻，不会懂得。"

是的，人因为年轻，有时确实不懂，不懂得宽容和感恩的智慧，因为年轻，做不到行云流水的从容和达观，流行歌曲里唱"你伤害了我，还一笑而过"，就隐藏着许多的哀怨与不满，如果将这句歌词改成"你伤害了我，我一笑而过"，岂不是一种美好的境界吗？

男人能忍成大事

一代名臣曾国藩说："面对命运，忍耐似乎是走向成功的唯一法门。"

史上有人评论楚汉之争，说刘邦之所以能胜项羽，关键在于刘邦能忍，项羽不能忍。刘邦低三下四与项羽结为金兰，屈膝纳拜，委身项羽麾下，甚至笑对烹其父，都是忍常人之不能忍，而项羽，很多时候是"百战百胜，而轻用其锋"，白白浪费战无不胜的神勇，只有唯一一次，不该忍的时候，却忍了，那就是在鸿门宴上放刘邦一马。刘邦在忍耐中羽翼渐丰，一待时机成熟，就直攻项羽软肋，取得全面胜利。

刘备死后，诸葛亮立志要收复中原，经常兵出祁山，攻打司马懿。但司马懿总是避而不战，不管诸葛亮如何羞辱，等到蜀军吃完粮食，就退兵回去。诸葛亮六出祁山都无功而返，司马懿能忍，所以连诸葛亮也奈何不了他。

再说康熙八岁刚刚继位时，由于年纪尚小，处处受制于老臣，其中以鳌拜为甚，鳌拜权倾天下，势力庞大，且老谋深算，康熙大帝没有急于行事，他对鳌拜的嚣张气焰在心中忍了八年，在这八年之中，他积蓄力量，最终在十七岁的时候用计除掉鳌拜。

忍耐，有时是一种养精蓄锐，一种蓄势待发，一种韬晦之计。

已经取得了一定成就的男人，要把事业做得更大，更要学会忍。

春秋五霸之一的楚庄王一天晚上大宴群臣，一阵狂风吹灭蜡烛，有人趁乱摸了一下楚庄王爱妾许姬的手，许姬扯断他的帽带，向楚庄王告了状。楚庄王并非不在意爱妾受辱，因为侮辱爱妾，就是没把他楚庄王放在眼里，但是他能忍耐，顾全大局，在黑暗中下令所有臣子全都扯断帽带，不予追究，后来，调戏许姬的人在关键时刻拼死杀敌，扭转了战局。

忍耐不是屈服，不是懦弱。它是一种良好的自制能力，它是杰出的领导者必备的优秀品质，更是一种高级的涵养。

《三国演义》中祢衡骂曹操，骂得曹操一佛升天，二佛出世，但曹操冷静地容忍了祢衡的放肆，把他打发到荆州刘表那里；袁绍进攻曹操时，陈琳曾帮袁绍写了三篇檄文，骂到曹操本人及祖宗三代。后来，陈琳落到曹操的手里，曹操不但不杀他，还委以重任。

这两件大事，天下的贤才都看在眼里，曹操给了他们一种"安全感"。正是曹操具有大家风范的忍耐之心，使他周围总是围绕着一群高素质的文臣武将。

北魏孝文帝拓跋宏也是一位善于忍耐的领导者。在他还只有三岁的时候，他的父亲献文帝拓跋弘身上长了疮，他面不改色，坦然用嘴为父亲吮脓。

拓跋宏执政初期，定州经常发生骚乱，需要一个得力的大臣前去镇守，他就把一个叫赵黑的人叫来，赵黑不愿意去，连连推辞。正在这时，一位厨师将一道热菜送上来，恰巧一只苍蝇掉菜盘子里了。厨师吓得要死，孝文帝笑了笑，轻描淡写地用筷子将苍蝇挑了出来。这个厨师出去之后，又端来一碗热汤，因为先前的苍蝇事件，心理压力增大，热汤浇在孝文帝手上了。孝文帝一声惊呼，厨师差点晕倒，立马跪倒请罪。孝文帝强忍烫伤的疼痛，请厨师起身，安慰他说："没事没事，起来吧！"

这一切，赵黑看在眼里感动在心上，为这样的主子卖命值啊！涕泪交集表了决心，感恩戴德去定州走马上任了。

一个人如果能够将忍耐化作度量，以宽宏之心待人，就可以赢取别人的信任和帮助。

在家庭生活中，男人也要学会忍。

古人说："富者能忍保家，贫者能忍免辱，夫妻能忍和睦。"

家庭不和睦，后院起火，影响男人心情，危及男人的事业。

一个家庭就是一个简单的社会，夫妻两个人在一起生活，磕磕碰碰在所难免，如果双方都不善于忍，日子是很难过下去的。

二〇〇六年去世的国学大师张中行老先生对婚姻的认识和感受是：婚姻可以分为四个等级，即"可意，可过，可忍，不可忍"，关于自己的婚姻，张老先生说：自己的婚姻是属于大部分"可过"加一点"可忍"。

张中行先生学术上取得辉煌成就，怕与他的善忍有关。

一个人所熟知的故事，说的是苏格拉底的幽默和他对妻子的忍耐。他妻子不分青红皂白骂他一顿后，把一桶水倒在他身上。弟子们以为恩师一定会发怒。出乎意料，苏格拉底笑着说："我是知道的，打雷过后一定会下雨。"后来，他又深有体会地补充："娶个好女人，你会很快乐，娶个坏女人，你会成为哲学家。"

当然，要做到苏格拉底的好脾气，并不容易。常言道，"忍"字心上一把刀。有时候，一个男人，能忍多少，就表明他能做多大的事情。

夸孩子非易事

那天，一帮朋友聚会，说说笑笑，气氛融洽，甲女士带着大概六七岁的女儿进来了，刚刚落座，乙女士或许是出于礼貌，或许是真心称许，对甲女士的女儿夸道："你好可爱哦！"

哪想小人儿根本不领情，来了一句："你真虚伪！"

乙女士呆住了，这大概是她第一次遭遇夸孩子的尴尬，年过三十的她脸红耳赤结结巴巴："什……什么，你说我虚……虚伪？"小女孩伶牙俐齿："是啊，你就是虚伪，我和你第一次见面不到两分钟，根本不了解我，就说我可爱，不是虚伪是什么？"乙女士只得通过向甲女士抱怨，找台阶下，说："你小孩真厉害，长大后怎么得了？"

在中国夸孩子，不是易事，在国外，国情与价值观不同，更当小心。

女作家毕淑敏讲过这样一个故事：朋友到北欧某国做访问学者，到一位女教授家做客，她给教授的小女儿带了礼物，小女孩微笑道谢，她抚摸着女孩的头发夸道："你真漂亮，可爱极了！"

等女孩一走，教授就正告朋友，这样夸孩子是误导："你因为孩子漂亮夸奖她，这不是她的功劳，这取决于我和她父亲的遗传基因，与她个人无关，这样会让她将漂亮作为资本，以后会瞧不起长相平平的孩子。而且，你未经她同意，抚摸她的头，会使她以为陌生人可以随意抚摸她的身体。你应该夸奖她的微笑和礼貌。"

女教授给这位朋友上了生动的一课不算，还要求她给女儿道歉。

对于国内的大多数家长来说，有人这样夸自己的孩子，那是好事啊，大多数人会相当乐意地接受。说孩子漂亮，不是间接赞美父母漂亮吗？说孩子可爱，不是间接赞美父母教子有方吗？

可是，细细深想，女教授的较真，确实有道理。

怎样夸别人的孩子，还真是门艺术，很多人却经常忽略，拿我自己来说，也是这样。我夸别人小孩的口头禅就是"你真乖""你真听话"。其实，这样的夸奖，也有问题。不知不觉中，我们常常以成年人的标准去规范孩子，不经意间扼杀了孩子的自由天性，使他们最珍贵的创造性人格日渐流失。在社会上大有作为的人，有几个在小时候是不折不扣的"乖孩子"呢？

鲁迅先生讲过一个故事。大意是，一家人将刚满月的小孩抱出来给客人看，想得到一个好兆头。说"这孩子将来要发财"的客人，得到了一番感谢，说"这孩子将来要做官"的客人，收回了几句恭维，只有说"这孩子将来是要死"的客人，得到了一顿痛打。

怎样不违心地夸孩子？鲁迅先生借老师之口，给了一个"建议"：那么，你得说："啊呀！这孩子呵！您瞧！多么……。阿唷！哈哈！Hehe！he，hehehehe！"

很多时候，我们不知道怎样夸别人的孩子，是不是也可以学那位老师"hehehehe"？

据说，季羡林先生集九十多年人生经验得出的十字真经就是：假话全不讲，真话不全讲。

讲感情与讲原则

和一位经商的朋友聊天，谈到人际关系的复杂，他深有同感，但他又说，人与人打交道，往往喜欢把简单的事情搞复杂。如果能把复杂的事情简单化，烦恼会少许多。

怎样实现这一点？他说，其实也简单，拿他自己来说，牢牢把握好一条法则，那就是，对待朋友也好，对待客户也罢，既要讲感情又要讲原则。

朋友的话，让我想到孔子与颜回的故事。

孔子这位大圣人，其实是为人处世的高手，他对待得意门生颜回的态度，颇有意味。

在所有的弟子中，孔子最推崇最疼爱的弟子就是颜回，颜回死后，他悲痛欲绝："老天啊，这真是要了我的命啊！"

这是讲感情。

但是，颜回的父亲颜路提出一个建议，请孔子卖掉车子，给颜回添置一口大棺材——"椁"。孔子回绝了颜路。孔子为不能卖车做解释：不管有没有才能，儿子总归是儿子，谁能不心疼啊？我儿子孔鲤死后也是没有大棺材就下葬了。还有一条理由，非常坦率，意思是他曾经做过官，虽然现在没做了，但是他的身份还保留着，按照当时的礼制，他这个级别的人出行必须坐车，步行就乱套了，是绝对不可以的。

这是讲原则。

历代帝王都利用孔子的儒学来维护宗法制度，然而能像孔子这样将讲感情与讲原则二者拿捏到位的，并不多。

对于君王来说，"卧榻之侧，不容他人酣睡"，这是不可撼动的原则。然而，"狡兔"刚死，就迫不及待地烹掉"走狗"，太不讲感情了。

刘邦、朱元璋对功臣大开杀戒，让后世人寒心不已，特别是朱元璋，得到天下后，几乎将功臣们一网打尽，株连杀戮的达到五万人，当初和他共过患难的兄弟只有汤和一人得到善终。

其实，对于君王来说，要想卧榻之上只让自己一人酣睡，也不是只有屠杀功臣一条路可走，照样可以既讲原则又讲感情。

宋太祖赵匡胤就做得很好。

"杯酒释兵权"堪称史上最成功最人性化的"解权行动"，宋太祖推心置腹与大臣们说得很明白："所谓做人，一生的努力和挣扎，无非是富贵享乐，现在我让你们享乐，让你们'多余金帛田宅以遗子孙，置歌儿舞女以终天年'。而你们呢，把军权交还给我。正是各得其所，大家都睡得安稳，相安无事，岂不快哉！"

如果君王们只讲感情，不讲原则，又会怎样呢？

历史上这样的例子也比比皆是，最典型的当然是周幽王为了褒姒一笑，烽火戏诸侯，"烧"掉了自己的信义和国家。

当然，男女之间的事，怎样既讲感情，又讲原则，是一件比较困难的事。感情深，原则就要靠后站，感情浅，原则就要往前靠。实在不好把握分寸。在讲感情与讲原则的纠缠里挣扎，也许是人生最痛苦的事。

造化弄琴

最近看了几部与小提琴有关的旧片，发现小提琴这种乐器，是很好出故事的乐器。

看陈凯歌的老片子《和你在一起》，《和你在一起》的情节很简单：一农民碰巧捡到一个婴儿和一把小提琴，认定这是天意的他含辛茹苦四处找老师，将孩子拉扯大并培养成小提琴家。

原来剧本的结尾是：孩子站在最高音乐比赛的舞台上演奏，获得评委好评，老爸在台下热泪纵横。陈凯歌将结尾改成这样：孩子要参加最高音乐比赛时，发现老爸失踪，毅然放弃比赛去找，在火车站，他看到了背着行李的老爸，拿出小提琴，为老爸演奏了那首参赛的曲子，老爸泪如雨下……

亲情和成功的选择对照，为煽情做足了铺垫，据说有号称个性坚强的观众也为此结尾落泪。

说句玩笑话，这部电影之所以成功，其实要感谢轻灵便捷的小提琴，如果是钢琴，怎么可以被带到火车站去演绎一场"一个人的演奏会"？

看弗朗索瓦·吉拉德一九九九年导演的《红色小提琴》，则更有一番惊心动魄起伏跌宕的味道。

十七世纪的意大利，一位音乐大师为了庆贺即将出生的儿子，倾注心血制作了一把小提琴，哪知妻子因难产与胎儿一同死去，大师用妻子的血将琴漆成红色。后来这把红色小提琴被一位孤儿所拥有，孤儿对琴无比迷恋，猝死在比赛前夕。小提琴流落到作曲家波普手中，波普为小提琴神魂颠倒，妒火中烧的女朋友，将小提琴当成"情敌"开了一枪后离去，波普自杀身亡……

红色小提琴的魔力让人唏嘘感叹，看来，生命与爱的主题是永远不老的。

值得注意的是，当代才华横溢的小提琴家约舒亚·贝尔参加了这部电影的演出，他在影片中担任一位演员的替身，表演拉小提琴。连他自己也没想到，他演奏的音乐竟获得了奥斯卡最佳原声音乐奖。有意思的是，当时他演奏的小提琴也是一把名琴，曾于一九三六年被盗。盗窃者艺高人胆大，竟然经常带着名琴去餐厅和咖啡厅演奏，对当事人来说，这应当是一件相当刺激上瘾的事情吧？公共场所，其实是凡俗的眼睛和耳朵最易被蒙蔽的场所。

还是拿小提琴家约舒亚·贝尔来说，他曾做过一个有趣的"实验"，那就是在华盛顿的地铁站里拉小提琴，看路人有何反应。当时正值上班高峰，有几千人穿过地铁站。在他演奏的四十五分钟里，只有六个人停下脚步并稍加逗留，无人喝彩。大约有二十人给了钱，他总共收到了三十二美元。而就在前两天，约舒亚·贝尔在一个剧场开演奏会，票全部售光，每张票售价平均高达一百美元。

苛责地铁里的匆匆过客，没有发现约舒亚·贝尔的音乐天才，是没有道理的。只能说，在一个不合时宜的地点，一个不合时宜的时候，我们注定会与美擦肩而过，注定会与一些值得珍惜的事物马不停蹄地错过。

请勿打扰

　　我的一位朋友，与太太结婚八年，一直感情融洽，按说七年之痒的危机不存在了，但就是在睡觉问题上，与太太之间有着难以调和的矛盾，他的做大学教师的太太不仅仅要与他分床睡，还要分房睡。所以，他认为太太不是真的爱他。

　　我就给他讲了一个故事。

　　这个故事来自于英国女作家莱辛的短篇小说《十九号房间》。

　　小说的女主人公是一位图画编辑，丈夫是一位文字编辑，两人结婚前都有自己的房子，结婚后，为了不让任何一方产生依附感，双方都没有住进对方的房子，而是在外租了一套房子。

　　女人生了四个孩子，一个男孩一个女孩，再加上一对双胞胎。

　　夫妻都属中产阶级，养活四个孩子十分轻松，人人都羡慕他们，一家人的生活看上去非常美满。

　　孩子们上学之后，女人想拥有自己的独立空间，她在房子里面为自己单独开辟了一个房间，就像宾馆的房门前那样挂一个"请勿打扰"的牌子，但是孩子们还是情不自禁地要"打扰"她，当她表现出不快的时候，老公、钟点工、孩子们都认为她不近人情。

她感觉"敌人"就在身边，却不知"敌人"隐身何处。

后来，她到旅馆租了一处条件简陋的房子，房号是十九号，总算找到了一个能让她静静发呆的私人空间。

没料到，老公怀疑她有外遇，派私人侦探找到了十九号房间。

她不想告诉丈夫自己的真实想法，反而故意杜撰出所谓的外遇，激怒丈夫，然后打开煤气自杀了。

朋友听完故事，沉默了很久。他应该明白这个故事的深意。

记得一位女子在博客上公开自己的卧室秘密，说她和老公睡觉习惯各盖一床被子，醒来时，发现对方的被子滑落，就会为对方盖上。因为"背靠背"并不表示不爱了，"分房睡"也不代表感情有隔膜。

越有知识的女性，越会经常拷问心灵的归宿，越会看重私人空间，对大众生活的反叛，实际上是一种可贵的觉醒。

对于她们来说，老公是爱她们的，亲人们也是爱她们的，问题是他们也封锁了她们的自由和私密空间，他们可否称得上另一种意义上的"敌人"？

好多人都是像蚂蚁一样工作，但未必能像蝴蝶一样生活。

当女人揽镜自省，发现岁月无情地改变了容颜的时候，有多少人会问自己，什么才是属于女性自己的真正财富？

所以，我欣赏这样的已婚女性，不为幽会情人，不为赶赴会议，不带家人，孤身一人，到远方去旅行，聆听鸟语，轻嗅花香，与自己对话，与山川河流对话，给心灵放假十天半月或者更久之后，轻松归来。

但另一部分女性，肯定会认为这种女人不正常，她们的逻辑是：女人有了孩子之后，就不应该有所谓的私人空间了，因为她的世界理应被孩子与家庭填满，并且以此为人生的至上幸福。

这样的女性，其实应该多看看《十九号房间》这样的小说。

剩男与剩女

看过一篇题为《宋朝为什么盛产剩男剩女》的文章，作者八卦当时剩男剩女多的原因很搞笑，说是在宋朝文人做官很爽，男人都忙着参加科举考试，没有时间结婚，而女人们呢，都等着"榜下捉婿"，进士女婿特别吃香，然而僧多粥少，抢到进士女婿的女人毕竟是少数，多数女人就在等待中蹉跎了青春。

按此思路八卦当代为何盛产剩男剩女，我也得出一个好玩的结论，也许是中国人穷怕了，拜金主义在今天特别浓厚，今天什么人最爽，可能是有钱人的生活最爽，男人女人都忙着挣钱，哪有时间谈恋爱啊。

前几年流行一个相亲段子，说男女第一次在餐厅见面，女的是一公司的高级管理人员，女的叫了两份牛排，还没来得及动刀叉，就接了一个电话，然后向男的解释："这是个很重要的谈判，所以……"男的正要说"没关系"，女的电话又响了，几分钟后，她又抱歉地说："对不起，我们这次谈判真的很重要。"男的还想说"没关系"，女的电话又响了，等她第四次向他解释时，他拿着手机向外边走边吼："什么？对方不肯让步？还是坚持两亿美金？好！两亿就两亿！成交！对，对……"

见此情景，那女的一脸惊愕，餐厅里其他的客人呢，都以为这两人是在拍电影。

说正经的，在我看来，当代盛产剩男剩女，理由只有一条，那就是男女交往的自由度太大了。

自由，其实是一把双刃剑。

古代剩男剩女少，因为男女的自由交往极有限度，结婚全凭父母之命、媒妁之言，入洞房之前，男女双方常常无法相见，男的总是把女的想得沉鱼落雁、温柔贤淑，女的总是把男的想得貌似潘安、知书达礼。等到生米煮成熟饭，即使发现对方不是那么回事，慑于家庭与舆论的压力，不是万不得已，也不会提出离婚，而且女人要是提出离婚，远比男人麻烦。

因此，先结婚后恋爱的老式婚姻催生出许多恩爱白头的模范夫妻。

到了当代，就不一样了，男女自由选择的空间越来越大，好比一条小鱼，平时在小溪里还知道怎么游，把它扔大海里，就彻底找不着北了。

柏拉图认为，这世上有，且仅有一个人，对你而言是完美的。

在我看来，人性最大的优点和弱点都是不知足。柏拉图那个拾麦穗的故事，就很好地阐明了爱情的本质。

柏拉图问他的老师苏格拉底什么是爱情，苏格拉底让他从一片麦田里穿过，不许回头，采一株最完美的麦穗回来。柏拉图经过了一株又一株美丽的麦穗，都没有采摘。因为他想后面应该还有更完美的，就这样，他一直走到麦田尽头，空手而返，苏格拉底笑了笑，说："这就是爱情。"

功业不敌柔情

认识小城中一位当记者的女孩子，她的才华与外貌一样出色，年过三十，还待字闺中，真正是好女难嫁。

有人说，年轻女性的择偶时机非常短暂，如果二十八岁之前没嫁出去，以后结婚的概率就会以几何速度递减。

有一次，上网与她闲聊，把这话说给她听，她只是在网上发来一个微笑。

我拐弯抹角地问她，什么样的男人适合她，或者，她心目中可以执手偕老的男人是怎样的。

她冰雪聪明，也拐弯抹角地回答我。

她说，西湖有个钱王祠，是专门纪念吴越国的开创者钱镠的。

起初，她去看钱镠全是因为他的一句话，准确地说，是一封只有一句话的信。

因为她知道钱镠这个人，正是因为这封信，或者说典故。

钱镠的一位妃子，娘家在临安，每年寒食节的时候，王妃必回临安侍奉双亲。有一年，春色将老，陌上花发，王妃却还没有回来，钱镠就写了封信给她，信上只有九个字：陌上花开，可缓缓归矣。据说，王妃接信后归心似箭，道："王爷迈，既有信来，命我归去，安可有违？"于是即日登程，速返杭州。

田间阡陌上的花开了，你可以慢慢走，慢慢地看花，不必急着回来。欲催归而请缓，这应该是世上最矛盾却最具说服力的思念吧，风情摇曳，艳绝古今。

很长时间，女记者都觉得庞龙的《两只蝴蝶》是受了这个典故的影响，亲爱的你慢慢飞，小心前面带刺的玫瑰，亲爱的你张张嘴，风中花香会让你沉醉。

在女记者的想象里，有这等绕指柔情的男人，要么风流多情如李后主，要么温柔内敛如纳兰容若，所以，只凭这九个字，她就在心中为他塑了温情雅致的像。

踏进钱王祠之后，钱镠的塑像却给了她大大的意外。钱镠身披盔甲，金刚怒目，远视前方，完全是一介莽夫形象，与她心中的温情雅致相去何止千万里！

再看祠内的壁画，才知后人所塑的雕像才是比较真实的，因为，钱镠本来就是一位武将。那些壁画以线描石刻的手法，展现了其戎马一生，如西陵大战、擒董昌、大战狼山江、疏浚西湖、筑捍海塘、纳土归宋等。有意思的是，"陌上花开"也作为一件影响深远的"历史事件"进入壁画，与这些丰功伟绩相提并论。

功业不及柔情啊！女记者最后感叹道，并反问我一句，现在，找得到钱镠这样的男人吗？

是啊，在后世那些相信真爱的女子眼里，钱镠江山经营得如何，已经毫不重要，让人击掌与铭记的，只是他那番设身处地的对爱人的疼惜。

谁能不负人

读《霍英东全传》，读到作者冷夏与霍英东的一段对话，心被小小地震了一下。

冷夏说霍英东既不喜欢评价自己，也不愿意评价别人，但那次冷夏问霍英东给自己打多少分时，他脱口而出："一百多分，为什么是一百多分？因为几十年来，我不单只是自己赚钱，还帮别人赚钱！"然后，他又补充道："我敢说，我从来没有负过任何人！但是不少与我合作过的人，都有负于我！"

据说，香港富豪中，霍英东是唯一不带保镖的人，有人不解，霍英东就解释："我平生所为从不曾负人，不需要带保镖！"这是自信，是坦荡。

一生从未负人。类似的话，我记得清朝的雍正皇帝说过。雍正曾在大臣田文镜的折子上批道："朕生平从不负人，人或负朕，上天默助，必获报复！"

然而雍正的话是当不得真的。

宫廷斗争何等险恶！雍正从不受父皇宠爱的四阿哥变成天子，其间你死我活，比拼暗斗，负过几个人也是可以理解的，不知道他为何敢宣称"生平从不负人"？

人在江湖飘，哪有不挨刀？人在江湖飘，哪有不出招？即使不想伤人，误伤别人的时候也不会少。

"一生从未负人"这样的话，不是每个人都有资格轻易说起，对于公众名人，要经得起后人雪亮目光的验收，对于芸芸众生，要经得起天地良心的叩问，而在感情这种事上，不管是将相还是走卒，负人还是被负，哪里能完全说得清？

你一生无私无畏、光明磊落，从未负过朋友、同行，但敢说未曾辜负任何一位红颜或者知己吗？那些流过的泪、发过的誓，越行越远的背影，在午夜梦回时，是否记起？爱一个人或者恨一个人，是用心还是用泪，是用一生还是用一刹？

看梅兰芳与孟小冬的爱情，我曾感叹唏嘘。

二十世纪二十年代，"头号坤伶"孟小冬与"伶界大王"梅兰芳在舞台上假戏成真，渐生情愫，孟小冬十九岁时嫁给梅兰芳，婚后二人的爱情持续了三四年就生出裂痕，孟小冬二十六岁时在天津《大公报》刊出"孟小冬紧要启事"，与梅兰芳解散婚姻，里面有这样的话：

> 冬自叹身世苦恼，复遭打击，遂毅然与兰芳脱离家庭关系。是我负人？抑人负我？世间自有公论，不待冬之赘言。

"是我负人？抑人负我？"短短八字，可见孟小冬的滔天委屈。当初，她可曾想过，谁能不负卿？孟小冬要嫁梅兰芳时，梅兰芳的朋友劝她："谁毁了梅兰芳的孤单，谁就毁了梅兰芳。"但孟执意要嫁，说："不，我绝不放弃梅兰芳！"

昨天还在抵死缠绵，今天就已形同陌路，其间恩怨曲衷，谁人能道个明白？

情僧仓央嘉措曾写诗道：不负如来不负卿。这是神仙也难以企及的境界啊！"一生从未负人"这种话，我们芸芸众生，就不要说了。这一生，记得自己负过谁，但存真诚的反省或忏悔，不要耿耿于怀谁负过自己，就是一个大写的人。

红颜知己梦

那时候还时兴聊 QQ 时，我有一个网名叫"不扫门前雪"。与几位网友聊天，她们都问我取此名的由来。不无自恋地让她们去猜，也好猜想她们是哪类人。都说，你连门前雪都不扫，肯定是个懒人。

标榜自我的小情小趣是可耻的，只是喜欢下雪的日子，红泥小火炉，红袖夜添香。一边是友情，一边是爱情，或者是一种介于友情与爱情之间的什么情，还有雪夜读禁书，更是人生至乐。

凡俗之人的真正相互理解，横亘着无垠的距离。美学家朱光潜曾说："人们都是隔着星宿住的，长电波和短电波都不能替他们传达消息。"

然而，翻阅古书，穿越时空，发现竟有一位女诗人，有着与我相似的"小资情调"，她便是唐代绯闻缠身的杀人犯鱼玄机，才情英发的她，写过一首深情的《感怀寄人》，里面有这样的句子："月色苔阶净，歌声竹院深。门前红叶地，不扫待知音。"

红叶不扫待知音，于我心有戚戚焉，不由喜欢上了这个比我早出生一千多年的女子，如果时光倒流，我会不会是她艳帜高张的道观前的常客？

深圳的梁群女士说："阅读是有方向的，当阅读兴趣相同的人进行交融时，常常能生发出共同的东西，特别是不同性别的人。"

深以为然。阅读如此，人生亦如此。不同性别的人，对事物的认识常常有着惊人的一致，倒是同性，经常互相误解，产生分歧，所以人类渴望发明什么"分歧终端机"。

女人们都喜欢说："最了解女人的是女人。"

不得不承认，女人最洞悉女人的弱点和优势，但这是"了解"，不是"理解"。

真正愿意走进女人生命中的坎坎坷坷去试图弄懂她们的，往往是男人。

我甚至荒唐地猜想，女人生活不顺，或者白发苍苍即将走完一生的时候，不会认为某个闺蜜或者女友最理解她，她在想：还是那个男人最理解我！而且，这个男人多半不是身边朝夕相处的那位。

"君王城上竖降旗，妾在深宫那得知？十四万人齐解甲，更无一个是男儿"，花蕊夫人的痛斥，让多少男人芒刺在背。

中国自古以来是男人主宰世界，对史书来说，女人只是一道配菜。这是男人的悲哀，也是历史的无奈，更是一种深深的偏见。

城头变幻大王旗，江山代有才人出，衣香丽影、红巾翠袖并非无足轻重的点缀。不管是在硝烟弥漫的后宫，还是在纷繁鲜活的民间，红颜如水，有时是绵绵春雨，随风潜入夜，润物细无声，悄无声息地影响着历史，有时是飞泉激流，一路喷珠溅玉，惊心动魄地冲开一个新世界。

有哲人说，衡量一个社会文明程度的高下，可以观其对妇女和儿童的态度如何。社会要进步，首先要从认识女性开始，孙中山先生倡导自由民主，他对女性的认识堪称卓见：世界少不了女人，如少了女人，这世界将失去百分之五十的真、百分之七十的善、百分之百的美。

还有人说，尘世间的苦难若有一百分，女性所承受的早超过百分之七十了。天地间的爱情倘有一百分，女性就占有百分之七十。

女性对爱情的执着追求，是她们最值得尊敬的地方，虽然，她们为此付出飞蛾扑火的代价。

对少数多情的男人来说，再美的江山都敌不过红颜一笑。然而，大多数男人都逃不脱名缰利锁的羁绊，女人不同，都说爱情是女人的全部，也正缘于此，女人才担当了生命中更多的伤痛。

宋代女词人朱淑真一生都为爱情而活，在未嫁时就写过一句在当时非常前卫的诗："娇痴不怕人猜，和衣睡倒人怀。"后来她遇人不淑，写了一首《自责》，诗云："女子弄文诚可罪，那堪咏月更吟风。磨穿铁砚成何事，绣折金针却有功。"

表面上是自责，实际上是对男权社会愤愤不平的谴责，在卫道士与世俗人的眼中，女人舞文弄墨已是罪不可赦，何况还咏月吟风，追求那不能吃不能喝的爱情呢？所以，朱淑真注定是痛苦的，最后她悒悒抱恨而终。

如果出一道选择题，摆出两种生活让你选择，你会选择哪一种？

一种是有钱有势，差不多什么都有，就是没有爱情；一种是仅仅衣食无忧，然而无钱无势无名，但是有爱情。

我想，历史云烟中那些我喜欢和敬重的女子：桃花夫人、卓文君、谢道韫、蔡文姬、乐昌公主、鱼玄机、薛涛、王朝云、边朝华、李清照、董小宛、柳如是、芸娘……一定会选择后者。即使让她们穿越千年的风尘，来到这个爱早已被物化、钝化的现代社会，也还是会选择后者。

因为这个时代，我们还能依稀看见真正的爱情。

第三辑：戏仿经典

东施走红

东施模仿西施皱眉，遭到邻人的嘲笑和反感。现代派作家庄子在那篇著名的《效颦》里极尽夸张之能事，说东施皱眉时，穷人带着妻子儿女跑得远远的，富人牢牢地将门窗关闭。

东施看后十分气愤，这个死了老婆还要敲盆唱歌的变态狂，为什么偏偏和我这个无名小辈过不去，而且所写完全不符事实，纯属造谣、诬蔑。当时只不过有村西的王二姑干呕了两下，但她的恶心是和村里的张三幽会的结果；村东的邹七嫂当场晕倒，是因为她本来就有高血压和糖尿病；至于姜子牙的女人朝我吐口水，那是由于姜子牙婚前追求过我。

爱美之心人皆有之，唯独我模仿一下本乡本土的一位名人，就被歪曲到如此地步！不过细想一下，西施也没什么，不就爹妈给了一个好脸蛋吗？作为公关部的种子选手，派到外国搞公关，其实是搞"性贿赂"，够得上判刑了。

东施越想越气，当晚召集家中成员商讨雪耻之策。她"一人之耻乃全家之耻"的演说极具煽动性，弄得老爸老妈流下泪来，表示要把近几年养瘦肉型猪所赚的钱全部交给东施，让她到全国最有名的"羞花"美容医院去美容。任诸暨县巫里袜子厂厂长的老哥潇洒地划出一张面额不低的支票交给了妹妹。

"羞花"医院非常热情慎重地接待了东施，不仅马上召开了"关于美化东施小姐"的专门会议，还成立了"东施美容"工作小组，制定了八套美容方案。半月后，东施出院。

东施还乡后，报名参加诸暨选美大赛。自古诸暨出美女，这次大赛报名者十分踊跃，人数逾千。好在老哥财力雄厚，上下打点，逐一搞定。随即东施又接拍电视广告。某名导通过该广告相中东施，邀其拍电影《九面埋伏》。这部电影原本安排西施来演，但西施新近嫁了国际超级富商范蠡，与名导分道扬镳。东施有幸被名导选中，自然使出浑身解数侍候名导，东施人气大升，迅速走红。她主演的《九面埋伏》一举夺得国外某电影节五项大奖，东施荣膺最佳女主角奖。

再说当年写《效颦》讽刺东施的作家庄子，近年来落魄得很。好友孙武先生为他指点迷津："想当年你靠《效颦》扬名，现在要重出江湖还得靠东施啊，谁叫别人成了名女人！"庄子顾虑重重，担心东施与他算旧账，但架不住孙武再三鼓动，喝下半斤"二锅头"后给东施打了电话，不想东施极为热情，并说了"久闻大名，无缘相见"之类的话，令庄子颇感意外受宠若惊。

第二天中午，东施便开凯迪拉克来接庄子。几杯 XO 下肚，庄子怯怯地问东施为何不记恨于他。东施粲然一笑："若无先生当初那篇文章，恐无我东施今日啊！"庄子听罢，盯着东施艳若桃花的脸说："我看小姐既有倾国之貌又有满腹诗才，比当今那些美女作家强多了，您何不写一本《诸暨宝贝》的书！"东施笑道："不瞒先生，本小姐少时只读过一本《女儿经》，哪敢写书？"庄子凑到东施香嫩的脖颈处耳语道："这个好办，小可不才，愿意代笔。"

东施说:"那……叫《诸暨宝贝》太俗,就叫《效颦正传》吧。以此书纠正人们的错误观念,为我拨乱反正,我东施才是真正的美女,丑陋的是西施,她对我胡乱模仿,遇到世人嘲笑。这本书要写好,争取造成国际影响。庄子先是听得一愣一愣的,继而点头如鸡啄米。东施开出一张支票递给庄子:"区区润笔费,还请笑纳,事成之后,另有重赏!"

《效颦正传》出版后,庄子与东施在西湖签名售书,一日内就卖出五千余册。西施嫁给范蠡,沉寂了多年,此次回国,看到此书,不由玉容失色,勃然大怒,忙聘著名律师苏秦,将庄子与东施起诉到燕京法庭,诉庄子与东施诽谤罪、侵犯名誉罪、造谣惑众罪、颠倒是非罪,索赔黄金千两。这时,张仪也找到东施,自愿担当东施的辩护律师。苏秦与张仪之间的一场高水平的辩论战不日将在法庭上演。一时间,国内各大小报都争相报道东施西施的消息,什么"东施效西施,西施笑东施""二施曾经事一夫""二施本是姊妹俩",报纸的销量由此大增。

不久,庄子又写一本《我写〈效颦〉的前前后后》。

苏秦写出一本《我为西施打官司》。

张仪写出一本《我为东施打官司》。

"东施效颦"还是"西施效颦"?一时莫衷一是。

王安石写《伤仲永》的来历

方仲永成名之后，他爸爸带着他到电视台参加节目，面对作家白居易、教授苏轼、研究员金圣叹等嘉宾，他旁若无人地谈《诗经》《水浒传》《西游记》《三国演义》等名著的优点和不足，直弄得嘉宾们面面相觑，金圣叹觉得这小孩一点都不谦虚，就愤愤说了一句"小时聪明，大未必佳"，哪知这句话不但没有难倒仲永，他反说了一句"金先生小时候一定很聪明哦！"金圣叹的老脸立马涨得通红，台下的观众愣了一下，然后报以雷鸣般的掌声。

方仲永和他爸爸就成了忙人，几乎每天都有人请他们父子参加活动，连一些网站都请他们去同网民聊天。在节目中，有的当场出题让仲永作文，还有的出类似"沙漠上为什么没有鲜花"之类的脑筋急转弯让他做，仲永无不得心应手。接着请仲永做广告的保健品厂商纷至沓来，并送来很多样品。等他们一转身，仲永他爸就把这些样品扔了，仲永却在电视上对着观众撒娇："妈妈，我要喝！"或者信誓旦旦地保证："每天吃一点，考分升一点！"

看到仲永很上镜头，唐朝影视公司也慕名而来，请仲永去当电视剧《聪明绝顶七品小县令》的领衔主演，另外请他去签名售书、请他去剪彩的也络绎不绝，父子二人整天忙得屁颠屁颠。

后来仲永被请到某贵族学校免费就读。

但是，安排座位的时候，语文老师兼班主任王安石竟安排他与大款之子朱七戒同桌，说什么"好坏搭配，学习不累"，因为这朱七戒也被同学们呼为"朱天才"，不过这里的天才是"天生的蠢材"之意。同学们都笑这回两个天才坐到一起，肯定有好戏看。

果然，"朱天才"对自己出了二十万两银子的赞助费而仲永免费就读非常不满，他的体积几乎是仲永的四倍，因仲永坐的是靠墙的座位，下课时他就把仲永堵在里面不让他出来，仲永每回费了吃奶的气力挤进挤出，只挤得大汗淋漓，肚子高唱空城计。

上课时王安石讲汉字的造字法，讲到"波"这个字时，他摇头晃脑，自鸣得意地说："波者，水之皮也，大家看看是不是很形象啊！"仲永站起来对他说："按您的意思，那么'滑'字呢，是不是'水之骨'啊？"同学们笑得东倒西歪，王安石面红耳赤，无言以对。

从此，王安石上课就开始点仲永回答一些刁钻的问题，比如，李白看到老妇磨针是哪一年，孔雀为何东南飞，屈原出生时说的第一句话是什么话，仲永回答不出，王安石就让"朱天才"代执"教法"，用不锈钢教鞭抽手心一百下。"朱天才"怀着仇恨特别卖力，直抽得仲永喊爸叫娘，讨饶不止，就这样仲永慢慢对学习丧失了信心。在他爸奔走之下，不到两年时间里他换了五所学校，但是没有哪一所学校让他满意。

"这是怎么了，应试教育容不下神童仲永"，专家们大声疾呼，在报上掀起了"素质教育与应试教育到底哪个好"的讨论热潮。

后来，仲永老爸受人指点，用银子铺路，为仲永搞到了赴波斯大学就读的名额，听说那里的素质教育走在世界前列。仲永出国后，不到半年又鼓捣出一本书——《波斯男孩方仲永》，这本书短短一个月就重印了三次，供不应求。王安石想写一篇《伤仲永》的文章一直迟迟不敢动笔，他只好静观其变，心想，我这篇文章迟早要出笼，看你这只秋后的蚂蚱还能蹦跶几天。

　　果然几年之后，这方仲永就没有下文了，听说他现在沉迷游戏，一拿起手机或者坐到电脑跟前就忍不住打起游戏来，再也写不出一个字。而且他还得了一种奇怪的"疲劳综合征"，一写东西就犯困，体重也跟着直线飙升，不到十五岁，已经重达一百多公斤了，所以别说是写东西，就是减肥也够他忙的啦。于是王安石在 BBS 上发帖子，正式宣布方仲永的天才生涯到此结束，之后，他就隆重推出了千古名篇《伤仲永》。

新断桥许仙

白娘子被法海压在雷峰塔下，一压就是十几年。

许仙倍感寂寞，由于阴阳失调，内分泌也紊乱了，胡子疯长，青春痘满脸都是，吃了几服自配的草药，也无济于事。

一日，他翻报看到一则消息，说独居的男人要比有一般人短寿十到十五年，不由吓了一跳，心想等那白娘子放出来不知是哪年哪月的事，还不如先续一位娘子权作二房，等白娘子出来，再跟她说明苦衷，她应该也能理解。

这样想着，许仙就带了那把著名的油纸伞，来到了西湖边的断桥边。

春光明媚，西湖岸边花红柳绿，断桥上面游人如梭，天空与许仙也是配合默契，等许仙刚走上桥头，这老天就下起了雨，许仙在心中喜道："好兆头啊！"

果然，不久就有一个穿白色 T 恤，下着牛仔短装的女孩独自走上桥来。

许仙忙不迭递了伞过去，女孩皱了皱精雕细刻的眉毛，说："你丫文盲啊？"许仙一头雾水，心想我虽不是医学院毕业，但也念过几天私塾，《伤寒论》《本草纲目》都倒背如流呢，怎说我不识字呢？

正想着，忽见女孩穿的是一件文化衫，那上面印着几个字：别理我，烦着呢！许仙苦笑着对她的倩影说了声"对不起"。

然后又有一位如花似玉的姑娘走了过来，许仙又殷勤地把伞举在了姑娘的头上。这姑娘白了许仙一眼："中年油腻男，多大年纪了？还来这套骗我们女孩子，你以为你是男神啊！"说完拨开许仙的伞走掉了，许仙怔怔地想："这男神是哪代名医，怎么从来没听说过啊？"

这么想着的时候，桥下又走来一位没有打伞的美丽可人的小姐，许仙鼓足勇气，对她说："小姐，淋雨会感冒的，如果你不介意，我们共用一把伞好吗？"

小姐美目圆睁，竟然破口大骂："你妈才是'小姐'哩！何况我是雨中散步，你懂吗，土包子！"许仙被骂得面红耳赤、张口结舌："岂……有此理，我……一片好心……"

忽然，一辆豪华奔驰在他面前停下，车窗里探出一个光头，光头对他说："许仙，都什么年代了，还在这里丢人现眼！"

仔细一看，正是法海！

多年不见，这家伙又胖了许多。什么时候也开上小车了？

仇人相见分外眼红，他对法海吼道："法海，还我娘子！"

法海笑道："许仙，我观察你半小时了，你在这里勾搭良家女子，小心我揭发你性骚扰！"

说罢，法海启动小车追上前面那位骂许仙的小姐，按了几下喇叭，那小姐神色泰然上了他的车。

点石成金之后

县令许逊道术高深，能施符作法。有一年发大水，老百姓的收成很不好。许逊向上面打了好几次减免赋税的报告，却一点用也没有。

老百姓都发了愁，许逊就出了一张告示，要老百姓把石头挑来，说是可以当赋税上缴。

老百姓运了好多石头来，把县衙门都快堵上了。

许逊慢慢踱出门来，对着天空念念有词，指手画脚了一番，然后伸出右手食指朝那些石头一指，只见白花花的石头全变成了黄灿灿的金子！送石头来的老百姓都惊呆了，也乐坏了。

一时间，整个旌阳城都沸腾了。

从这一天起，许逊的平静生活也被打乱了。

带着石头来找他的人，实在是太多了，从早晨五点钟起床，到晚上十点就寝，全都是求他"点石成金"的。这些人总是有着太多不忍拒绝的理由，什么父母双亡、亲人重病、生意失败，总之，都是天灾人祸，把自己描述得越凄惨越光荣，而且，他们带来的石头一个比一个大。有人竟然将衙门口的一座石狮子抬来了。

一块拳头大的石头，被点成金子之后，就可以供一个普通之家生活好多年了，许逊想不到有些人竟是如此贪婪。他点得累了，也点得烦了。

最后，许逊不得不出台一项新规定，每个月只点金一次，而且被点之人，一定要经过严格的考察，只有被确定为重点对象，才能拿一块最多不超过十斤的石头，来衙门找他点成金子。

这项新规定出台后，城内的百姓都非常不满。

他们联名上书，要求许逊传授"点石成金"之法。呼声越来越高，许逊的日常生活被严重干扰。不管许逊走到哪里，总有人拦住他的轿子，求他传授点金之术。后来许逊改装出行，但还是很快被认出来，好像约定好了似的，人们用大大小小的石头，铺天盖地地向许逊砸来，许逊喊一声"落"，这些石头全部掉落地上，但是并没有变成金子。人们失望得很，纷纷咒骂许逊太小气，不够意思。

许逊气得一连半月不再出门，而更让他生气的是，他不断收到匿名恐吓信，信上说，如果他再秘而不传"点石成金"术，他那根"点石成金"的手指将永远从他身上消失。

这封信吓不倒许逊。他感到为难的是，不少好友还有亲戚也求他传授"点石成金"术。如果再一味拒绝，他将被彻底孤立。而且，他也不想再被无止境地纠缠下去了。许逊终于办起了"点石成金"培训班，招了一百名学生，传授"点石成金"术，这些学生毕业后又当老师，再办培训班，不到一年，旌阳附近几个县城的人差不多人人都会点石成金了。

许逊是暂时清静了，只是苦了那些富豪，原先的优越感在一夜之间被瓦解了，那些贫苦的农民，现在都有成堆成堆的金子放在家里，他们也可以吃香喝辣，花天酒地，和富豪们平起平坐了。

失落无比的富豪联名写了一纸诉状，将许逊告到皇上那里，说许逊教唆人们"点石成金"，引发金融大地震，严重干扰了金融市场的秩序，必须治罪。

皇上派出专人调查，收审许逊。

"点石成金"术就像瘟疫一样向全国蔓延，不到三年时间，整个国家人人都精通了这套法术。人人家里都堆满了金子，人们都用上了黄金筷子、黄金浴缸、黄金马桶；原来用石头铺的路，现在成了黄金大道；原来用石头做的房子现在成了黄金屋；连猪圈都是黄金垒的了……

但随后问题也来了，全国的金子太多了，金价大幅贬值，原来一两黄金可以买一万斤大米，现在一万斤黄金才买一两大米；一些旅游资源也遭到了严重的破坏，黄山、华山、泰山这些名山都成了千篇一律的金山，云冈石窟、龙门石窟都成了毫无生趣的金窟；一些原来就比黄金珍贵的宝石，也被人点成了黄金；满世界的金色晃花了人们的眼睛，有人得了黄金恐惧症……

现在要找一块石头，比原来找一克黄金难上一万倍。

随之而来的，还有好多改变，就拿皇帝赏赐大臣来说，原先赏黄金，大臣们都感激涕零的，现在再赏黄金，大臣们也无动于衷了。没办法，皇帝改赏石头，大臣们竟是如获至宝。可是，皇宫里的石头也不多了，这石头又不能造，皇帝也有点急了。

有识之士撰文疾呼，赶快将这些泛滥成灾的黄金变回石头，解铃还须系铃人，当务之急是把许逊放出来，让他想办法。

皇上原来是想把许逊杀头的，现在只好把他放出来，让他传授"点金成石"术……

狐假虎威之后

话说那次狐狸凭着谎言巧脱虎口，在百兽面前大大威风了一把，羊啊、兔啊，甚至小狼都对他崇拜万分，碰见他就送秋波，想套他的话，但这狐狸是何等精明，他牢记"祸从口出"的古训，面带"狐笑"，守口如瓶。

所以，等老虎知道真相之时，已是十年之后。他一想起这件事，就恨不得马上抓住狐狸撕个粉碎。但过后冷静下来一想，那种逮谁吃谁的好日子已经一去不返，森林王国经过鹿哥、马叔、熊爷的流血牺牲，老虎每月有五百只山鸡的俸禄，再也不能乱开杀戒了。

但总得治治狐狸啊！想了几个月，终于有了办法。

那天，老虎召开百兽大会。老虎清清嗓子，全场立时鸦雀无声。老虎说："本王近日疾病缠身，找啄木鸟医生看了几回，也不见起色，昨日幸得天神托梦，说只要吞服一种最狡猾的走兽的骨粉，就可治愈。现以无记名投票方式选出狡兽一名，一来可除我兽国败类，二来可保本王龙体无恙。"这番话犹如一串炸弹扔进百兽之中，鼬、豺、狼率先准备逃跑，可一看旁边，老虎的贴身侍卫狮和豹正在瞪眼磨牙呢，吓得立刻收敛了爪子。老虎又是威严地一咳，百兽都开始写选票了。经过眼镜蛇、猩猩和大象半个小时紧张地计票，结果出来了，老虎踌躇满志地让大象当众宣布。

当大象结结巴巴地念出"最……狡猾……的动物——牛"时，整个林子死一般寂静，连老虎也目瞪口呆。

阿 Q 进城

阿 Q 进了城，一大早就到劳务市场找工作。可是看了半天，割麦、舂米、撑船的工作都没有，而当保安，他身高不够；当工人，他没技术。市场门口站了许多拎灰桶、瓦刀、木锯的人。

阿 Q 在他们跟前转了一圈，他们像看见救世主一般涌上来，把他围得里三层外三层："老板，是不是要搞装修？保证质量，价格公道哩！"

"老板，我搞过八年装修，包您满意哩！"

"老板，我的价格是全城最低的，带我去吧！"

这些人一副百般巴结万种讨好的样子，让阿 Q 像喝了两碗黄酒一样飘飘然起来，他们前呼后拥着阿 Q，走了百十步，那些人问他："老板，你的房子在哪里？"

阿 Q 这才有点清醒了："在，在土谷祠。"

话刚说完，头上就挨了一下，接着是全身挨了许多下，他爬起来时叹了口气："唉，又被儿子打了，城里的世界真不像样……"

阿 Q 在城里到处乱逛，不知怎么走进一个商场。

忽然，他听见一个熟悉的声音："先生，要不要免费擦皮鞋？"

阿Q一看，竟是吴妈，好久不见了，吴妈还是那样好看，只是他搞不懂吴妈为何要到这里擦皮鞋。

吴妈看清是阿Q，脸腾地红了，当阿Q问起近况时，她只得说了实情，原来她是推销一种"黑雕"牌鞋油，免费为顾客擦皮鞋只是一种促销手段。

吴妈说着就按住阿Q的鞋子，上起油来，阿Q看着自己那双已经有好几道裂纹的人造革鞋子，想缩回脚，但见吴妈擦得十分卖力，显然是好久没有生意了，就只好任吴妈去擦。

擦完之后，阿Q在口袋里费力地摸了好几遍，但是一分钱也没摸出来，不能买吴妈的"黑雕"牌鞋油，阿Q嘴里不停地说："刚才还有三十块钱的，怎么找不着了呢，是不是被城里的小偷摸去了……"

中午，阿Q随着别人走进一家快餐厅，看那玻璃罩里面的菜，竟还有撒着葱花的煎鱼，没钱的他只好干咽唾沫。

这时候，他有一个惊人的发现：这个地方打饭和打汤是免费的！他飞跑过去端了三碗米饭，两碗紫菜蛋丝汤，找一个位置坐了。

等他吃到第三碗免费米饭时，猛然看见隔壁桌子趴着一个熟悉的身影，是小D，"仇人相见，分外眼明"，这小D也在吃免费的饭喝免费的汤，而且已经消化了不少，桌上的六个空碗就是明证。阿Q愤怒地去夺小D的筷子："你怎么能在这里吃！"小D说："你吃得，我就吃不得吗？"

两人正欲动手，旁边一个抹桌子的婆子过来，说："阿Q，不要打架，小心经理轰你们出去。"

阿Q一看，是邹七嫂，邹七嫂说："你们可以天天来吃的，如果一打架，以后就吃不成了。"

阿Q问邹七嫂怎么到了这里，邹七嫂说是赵太爷介绍来的，在这里抹桌洗碗一个月也有五六百，比乡下强得多，还有她那个女儿，也做了这里的迎宾小姐。

阿 Q 果然看见门口有一个青春靓丽的穿旗袍的小姐，不想仅过了几年，这小姐就出落得亭亭玉立了，阿 Q 一时看得有些呆了。

邹七嫂恶狠狠地说："阿 Q，可不能打我女儿的主意，她以后是要嫁城里人的！"

阿 Q 回过神来，拿了餐巾纸和牙签，剔着牙缝里的紫菜出门了。

新编《渔夫与金鱼》

蔚蓝的大海边，有个老渔夫和一个老太婆，他们住在一个破旧的小木棚里。整整过了三十又三年，每天老渔夫出海打鱼，老太婆在家里纺线。

这天老渔夫打了一天的鱼，却什么也没有得到，当他满怀希望把最后一网拖起来时，发现网里躺着一条小金鱼，这条小金鱼突然说起话来："老爹爹，求求你把我放回大海里吧！我会好好报答你的。"

老渔夫惊奇极了，三十又三年的打鱼生涯中，他可是第一次发现会说话的金鱼啊。

老渔夫什么都听老婆的，现在发现了这样一条会说话的金鱼，他可不能自作主张将她放回大海里去，怎么说也得回家和老太婆商量一下。

老渔夫在海里舀了一罐水，把金鱼带回了家。老太婆一听这金鱼会说话，她急忙从纺车上走下来，把罐子里的金鱼瞧了又瞧，将信将疑地对金鱼说："你真的会说话吗？说一句我老婆婆听听！"

金鱼在罐子里又一次哀求："老婆婆，求求你把我放回大海里吧！我会好好报答你的！"

老太婆喜出望外，对老渔夫说："太好了，我们要发财了！"

老渔夫问："这么说，你真的打算将金鱼放进大海里吗？"

老太婆点着老渔夫的鼻子说："你这个傻瓜，一条弱不禁风的金鱼的话你也信吗，她要真有那么大能耐，能被你网到吗？"

老渔夫连连点头："老婆，你说的也是，但是你将如何处置这条金鱼呢？"

老太婆诡秘一笑："我自有妙计。"

第二天，市内的繁华地段，老渔夫与老太婆扯起了一个大帐篷，上面打着醒目的广告："看稀奇看古怪，看会说人话的金鱼，门票五十元每位。"

来看金鱼的人可真不少，从上午九点到晚上十点，老太婆共卖出门票两千余张，第一天就净赚十万元。最让老太婆满意的是，这金鱼的表演还真"配合"，看到这么多人来看她，她"表演"可上劲了，过几分钟就向大家哀求："先生们，女士们，求求你们吧，你们谁把我买下，放回大海里吧！我一定会好好报答你们的。"

观众议论纷纷，谁都不肯相信金鱼的话，说："肯定是那个老太婆教她的，引我们上当呢！"

第二天，看金鱼的人更多了，可怜的金鱼又是声嘶力竭哀求了一整天："先生们，女士们，我以整个大海家族的人格担保，我们绝对是讲诚信的，只要你们有谁把我放回大海，我将好好报答你们！"

很可惜，依然没有人相信她，倒是渔夫两口子数钞票数得眉开眼笑。

到了第三天，可怜的金鱼终于绝望了，她总算明白人类是不会相信自己的话了，她决定缄口不言，也不指望谁来搭救自己了。

它不说话，前来看金鱼的人要求退票，老太婆恼羞成怒，对金鱼咆哮威胁："小东西，你再不开口，我就把你喂猫！"金鱼现在总算看明白了，这些来看它的人就是冲着自己的哀求来的，如果它将沉默进行到底，自己在老太婆眼里失去了利用价值，说不定还有一条活路。于是，它坚持不说话。果然，到了第五天，老太婆终于沉不住气了，她决定将这只不会说话的金鱼进行拍卖。

拍卖会上，拍卖师举起手中的小槌子，扫视着台下的竞拍者们："这只曾经说过话的金鱼，现在的起拍价是一百元，有意者请出价！一百元第一次……"

下面的人议论纷纷："可是它现在不会说话了呀，一百元都不值！"

没有人举手。这时候，玻璃缸中的金鱼真想开口说话呀，它想只要它一开口，它的身价将会飙升，但是它的命运也许会更凄惨。于是它仍然保持了沉默。

就在拍卖师即将宣布拍卖取消时，一只稚嫩的小手举起来，一位竞拍者带来的小孩用自己积攒的零花钱买下了金鱼。

这时候的金鱼再也忍不住了，感激地对小孩说："小朋友，感谢你收留我，快把我放回大海里去吧，我一点力气也没有了啊！"

"金鱼说话了！金鱼又说话了！"拍卖厅沸腾了，人们强烈要求小孩重新拍卖这条金鱼，有人甚至开出天价，只要小孩一转手，他就可以成为千万富翁。

小孩的父亲也满怀期待地看着他，希望他将这只金鱼卖给那些有钱人。

小孩牢牢地捧着金鱼缸，执意要把金鱼放进大海。父亲恼怒不已，眼看到手的财富要溜，他和儿子争夺起金鱼缸，金鱼缸摔在地上，金鱼在地上蹦跳，人们都动手去抢，现场一片混乱，可怜的金鱼，几经转手，最终被捏成了肉酱。

杞人忧月

奥罗拉政府通过了科学家用核弹摧毁月球的报告。科学家说，摧毁月球，将使整个地球成为人类的天堂，奥罗拉寒冷的冬天将一去不复返，而且摧毁月球是一件非常简单的事，只需要在奥罗拉的"联盟"型火箭上装上六千万吨级的核弹头，然后将它们射向月球即可。

但是月球不是奥罗拉一个国家的呀，是否摧毁它不能由奥罗拉说了算，于是人们决定在全球进行投票表决，以票数多少来确定是否摧毁月球。

这下地球上可热闹了，人们为争论是否摧毁月球，举办了月球讨论节，各色人等集聚一起纷纷发表高论。

科学家：只要将月球摧毁，地球就不再倾斜，季节变化将从地球上消失，地球就会拥有适宜的气候，有些地方则会拥有永恒的春天。

毛皮制造商：我反对，强烈反对，那样我们生产的裘皮大衣、貂皮大衣卖给谁？

寿星：听我们伟大的科学家说，月亮使地球自转速度减慢，如果摧毁月球，地球恢复原来的自转速度，昼夜交替由现在的二十四小时变成十小时，那我们的寿命可望突破三百岁。

上班族：强烈反对！那样属于我们的夜晚只有五个小时，我们要看电视，打麻将，吃夜宵，哄小孩……请问我们用什么时间睡觉？

强盗：盼了大半辈子，终于盼来了这可恨的月球被摧毁的时候，要知道，这样我们办起事来就方便多了，那句话怎么说的，"月黑风高……"

恋人：没有了美丽的月亮，谈恋爱还有什么气氛，还记得那些歌吗？"月亮代表我的心""月亮走，我也走，我送阿哥到桥头"……

动物保护者：没有了月亮好。多少黑洞洞的枪口曾借皎洁的月光伸向了熟睡的鸟儿；我们还借月亮戏弄猴子，让它们井中捞月，全都掉到井里，这种故事还编进小学教材毒害少年，真是泯灭人性。

语文教师：没有了月亮不行，那些诗句怎么给学生解释？什么"月上柳梢头，人约黄昏后""月有阴晴圆缺，人有悲欢离合""月明星稀，乌鹊南飞"，还有像《嫦娥奔月》那样优美的神话故事，怎么给学生讲？

医生：还是没有月亮的好，满月时，月亮对人的行为的影响比较大，这时人的头部和胸部的电位差比较大，容易引起激动、亢奋。嗜酒者和精神不大正常的人在月夜发作，老人也易在夜间发生不幸，出血性病人在满月之夜最危险；由肺结核引起的出血性死亡，也大多发生在满月前后的几天里……

流浪者：不能摧毁我们心爱的月亮。这不是残酷地剥夺我们思乡的权力吗？要知道"月是故乡明""明月千里寄相思"，李白可以"举头望明月，低头思故乡"，如果连月亮都没有了，叫我们怎样思乡啊？

警察：如果摧毁了月亮，我们这个世界就会更太平，几十年来的统计表明：月圆时犯罪率会升高，酗酒、服毒、凶杀、斗殴的案件比平时明显增多，火警的出勤率也比平时多出百分之三十。

文艺工作者：摧毁了月球，不是活生生地压缩了我们的创作空间和表演领域吗，我们不能再写月亮、唱月亮、画月亮了，最多我们只能怀念一下月亮——"请问你最后一次看到月亮是什么时候？"

人们争得面红耳赤、如火如荼、不分高下，最后干脆动起手来。现场一片混乱，警察局不得不出动大批警力疏散人群。事后经查，有一百五十六人在这场骚乱中丧生，两千八百四十四人受到不同程度的伤害。真应了那句老歌词"都是月亮惹的祸"啊！

假如人长了尾巴

足球运动员会用尾巴传球、射门。足球技术会更加丰富，足球比赛也会变得更加好看，同时，足球场上，球员们互踩尾巴的情况频繁出现，裁判不时以"踩尾犯规"吹停比赛。而国际组织则根据民间呼声，增设了好多尾巴方面的运动项目，比如"尾巴拉力赛""尾巴搏击赛""尾巴皮划艇"等。

关于美化尾巴的各类产品大量生产，商场中设立了尾巴化妆专柜、尾巴服装专柜，街头到处是尾巴美容店，尾巴美容师成为新型职业。

《比尾巴》不再是小时唱的儿歌，生活中经常举办"选尾大赛"，大赛胜出的选手，会被人高薪聘请在电视上做"尾巴化妆品"广告，广告片常常这样拍：一个男人捧玫瑰，跪倒在一个女人尾巴面前求婚，并不断亲吻尾巴，同时传出这样一首老情歌："你要是嫁人，就嫁给我，带着你的嫁妆，带着你的尾巴……"

好多人因为没有一条漂亮的尾巴耽误了婚姻大事。所以，做尾巴整形的医院越来越多，媒体上的征婚启事上经常可以看到这样的话：某男，身高一米七五，尾巴长势良好，有房有车……；某女，大学本科，身高身高一米六五，尾巴清秀迷人……

鉴于尾巴的常患疾病：尾疼、尾萎缩、尾腺炎，医院新增了"尾科"，专治"尾病"，同时诞生了好多治疗"尾病"的新药。电视上，也出现了关于尾巴保健的产品广告："喝了某某口服液，尾好，身体就好！"

明星受到"尾骚扰"的机会会大大增加，签名、合影的时候，明星的尾巴常常被踩，歌迷、影迷们常常捉住明星的尾巴抚摸、亲吻，明星不胜苦恼，雇请专人保护尾巴，有的明星为了避免自己的尾巴发生意外，还向保险公司投保了几千万的意外伤害保险。

出现了用尾巴上网的新新人类，他们用尾巴打字，用尾巴玩游戏，连中的电脑病毒也叫"某某尾巴病毒"，他们用尾巴打招呼，用"尾语"交流情感，他们称"一个人"为"一尾人"，他们是新兴的"尾族"。

学校考试时，学生们增加了新的作弊方式，他们用尾巴传递纸条，一个人的尾巴可以"横扫"前后左右至少六张课桌，学校不得不规定，考试时，必须将尾巴系在课桌上。

第四辑：史说新语

嵇康的风度

如果单从个人的风度与才情上来说，嫁给嵇康无疑是一件幸运的事。

刘义庆的《世说新语》单辟一章"容止"，讲那个时代的人的仪容举止。嵇康这位美男子的身高气质，刘义庆自然不会放过，他评价嵇康："身长七尺八寸，风姿特秀。见者叹曰：'萧萧肃肃，爽朗清举。'或云：'肃肃如松下风，高而徐引。'"

这还不算，他还借山涛之口，又猛夸了嵇康一番。

山涛说："嵇叔夜（嵇康的字）之为人也，岩岩若孤松之独立；其醉也，傀俄若玉山之将崩。"也就是说嵇康喝醉了倒在地上的样子也很迷人，像即将崩倒的玉山一样，真是帅得一塌糊涂。山涛的话，还透露了一个信息，那就是嵇康的皮肤白，所谓"玉山之将崩"。

嵇康天赋过人，史书上说他是"学不师授，博览无不该通"，基本是自学成才，写得一手好文章，精于音律，吹笛弹琴，无所不通。

这样一位美男子，身高约在一米八以上，皮肤白皙，身材挺拔，再加上其才情横溢，应该是不少女子的梦中情人吧？

那么，谁能嫁给嵇康呢？

要说起来，这个女人名头也不小，其祖父是大名鼎鼎的曹操，其父是曹操之子曹林，她本人就是长乐亭主（一说，长乐亭主是曹操的重孙）。

嵇康早年丧父，家境贫困，由其舅舅帮助抚养成人。

如果按照婚姻的门第观念，嵇康与长乐亭主联姻的可能性很小。而依嵇康的性格，即使再落魄，也不大可能主动去攀高枝。

不知他们怎么结成了一对，反正因为长乐亭主这层关系，嵇康"迁郎中，拜中散大夫"，正式成为曹氏宗室中的一员，有点女婿倒插门的意思。

但嵇康对仕途不感兴趣，更不想凭借高枝炫耀什么。司马氏掌权建立晋朝之后，他就带着妻儿老小一起到山林隐居，打铁去了。

打铁，既是嵇康谋生的手段，也是他的爱好与养生之道，因为打铁可以锻炼身体。他喜欢在炎夏的柳荫下打铁，柳树周围还挖了一道环形的水槽，水在里面周而复始的流淌，这样给铁淬起水来，很方便。

好友山涛推荐他做官，他生气了，写了封《与山巨源绝交书》，与山涛划清界限。在信中，他说山涛让自己做官，就是让他拿上屠刀，沾一身腥臊气，山涛如果不是和他有深仇大恨，是不会来逼他去做官的。信中还有这么一句：我就像那麋鹿，从没有被驯服过，如果让它身上披着金镳玉辔，享受美味佳肴，它却常常思念那长林丰草。这就是成语"长林丰草"的出处。

想象一下，胸肌发达的嵇康，赤裸上身，目光炯炯，一手握钳，一手握锤，然后飞锤起伏，火星飞溅。这样一幅打铁图景，真有一种阳刚野性美。

楷书大师钟繇

　　钟繇是今天流行的楷书的创始者，对中国书法艺术有划时代的贡献，书法界有一种说法，说"书圣"王羲之的书法学自卫夫人，而卫夫人学自钟繇。这样算起来王羲之还是钟繇的徒孙，可见钟繇在书法史上的地位。

　　钟繇酷爱书法，青年时期，钟繇就与曹操因为共同的书法爱好走到了一起，那时经常参加书法技艺切磋的还有邯郸淳、韦诞、孙子荆、关枇杷等书法迷。

　　有一天，钟繇发现韦诞座位上有蔡邕的练笔秘诀，就向韦诞借阅。不料这位擅长制墨的先生（韦诞制作的墨被称为"韦诞墨"，被赞誉为"百年如石，一点如漆"），大概很怕钟繇借了不还他，也有可能是怕钟繇的书法超过他，总之，任钟繇死磨硬缠都坚决不借。

　　钟繇很苦恼，他把胸脯擂得咚咚响，一直擂了三天，擂得胸前青一块紫一块，还呕了一大摊血，这韦诞也够狠心，全不为钟繇的"苦肉计"所动，硬是没给他看。钟繇却把自己擂得奄奄一息，幸亏曹操派人送五灵丹（三国时期疗伤圣药）给他，才活过来。钟繇算是得了心病，发下

144

誓言，说不惜等韦诞死了之后去盗墓，也要看到蔡邕的秘诀。

这差不多替韦诞作了一个广告，谁都知道韦诞手中有一本练书法的秘籍，以至于后来韦诞的墓真的被盗了。

但韦诞比钟繇晚死了二十年，钟繇是不可能亲自去盗的，但是由于他发下的那个誓言，后人还是一口咬定盗墓的事情是钟繇指使的，这可真是冤枉了钟繇。

史上记载钟繇学书三十余年，每天夜晚把被子当纸张，在上面练字，由于坚持不懈，时间一长，被子被他给划了个窟窿。

钟繇临死时把儿子钟会叫到身边，交给他一部书法秘籍，把自己刻苦用功的故事告诉钟会。他说，自己一生有三十余年时间练习书法，不分白天黑夜，不论场合地点，有时间就写，有机会就练。与人坐在一起一边聊天，一边就蹲在地上写字。见到花草树木、虫鱼鸟兽等自然景物，就会与笔法联系起来，有时去上厕所，竟忘记了出来。

只要功夫深，铁杵磨成针。钟繇成为书法家，把自己的成功归结于自己比别人付出更多的心血，比别人更加努力，一点没错。

钟繇不但是书法家，更是一位深明大义的将才。

曹操也对钟繇非常信任，当时匈奴作乱，钟繇率军前往平定。此时袁尚兄弟故意要与曹操作对，他们派遣高干和钟繇的外甥郭援带兵支援匈奴。郭援不经认真考虑，便欲渡过汾水，众将阻止他，他根本听不进去。当郭援兵还未渡过一半河水时，钟繇率军猛然攻击，郭援大败，郭援本人也被庞德斩首，过后庞德得知郭援竟然是钟繇的外甥，急忙向钟繇道歉，钟繇大哭道："郭援虽然是我的外甥，但首先是国贼啊！你又何必道歉呢？"大丈夫公私分明，不哭外甥则显钟繇无情，不赞庞德则显钟繇不明大义、心胸狭窄。

一个在能够在乱世之中首创出一种方方正正字体的人，一个能够为书法捶胸顿足而不靠阴谋诡计，不靠手中权力抢夺的人，绝对是一个光明磊落之人。

强扭的瓜也甜

看到一则报道，现代男人都说压力大，生怕女人结婚了要做全职太太，所以结婚前夕，不少新郎看见新娘写好的辞职报告，想到以后要养车、养房、养孩子、养老婆，吓得赶快逃跑。

看来，现代男人还不如三国的许允先生，许先生也是一位逃跑新郎。

他娶了阮氏女，本来就是要让她做全职太太的（最多做做针线活）。只是阮氏女长得太对不住观众，他才想脚底抹油。

婚礼上，两人喝了交杯酒，许允揭开新娘的头盖一看，就看到了一张青黄不接的脸，撒丫子就跑，死活不肯进洞房。

这时，许允的铁哥们桓范走过来说："她的包装寒酸了点，内容也许很精彩，你还是进去再瞧瞧！"许允一听有点道理，就打起精神进了洞房。

但是进房之后，许允还是被阮氏吓了一大跳，立马向后转，再次往外逃。

哪想新娘子飞步上前，一把扯住了许允的衣袖不撒手，许允的衣服差点被扯破，便来了火："怎么，你敢搞逼婚啊？我问你，妇有四德（指妇德、妇言、妇功、妇容），你具备几德？"阮氏女说："四德之中，新娘子我只差容貌，但是君子应该具备许多好品行，你有多少啊？"许允看也不看她，抬头望房顶地说："都有啊！"

阮氏女进一步反击："那我问你，所有的品行里德为其首，你好女色却不好德，怎么能说全都有呢？"许允这下被问住了，桓范的话没错啊，丑女子知识面广，口才又好，我还真不是对手呢。

这时候阮氏女软软地拉起夫君的手："别跑啦，我很丑，但是很温柔的呀！"

软硬兼施，哪个男人受得了啊，许允彻底投降了。

事实证明，后来两口子挺恩爱，一直到死许允都没外遇，而阮氏女对他的帮助还挺大。

"强扭的瓜也甜"，阮氏女明白这个理，她能扯住许允的衣服，扭下这只品质优良的黄金瓜，靠的是强大的精神支柱。现在的 MM 也敢于主动追求幸福，但她们多数靠的是美貌和家庭背景，真有强大的精神底蕴，还不敢亮出来，女博士到婚介所征婚，谎称是专科文凭，不就是咄咄怪事吗？

神马都是浮云

　　严光，字子陵。在少年时代，与东汉光武帝刘秀是同学。那时候，刘秀还寂寂无闻。严子陵却因勤奋好学、博闻强识而闻名遐迩。公元八年，王莽称帝，以重金高官数聘严子陵，但严子陵十分反感王莽的篡汉行径，隐名换姓，隐居僻乡。

　　刘秀骑着一头耕牛参了军，跟他哥闹起了革命，刘秀出生入死，辛苦打拼，竟然白手挣下一份江山，成为史上的"牛背皇帝"。这时候，他第一个思念的人，不是和他分居两地的结发美妻阴丽华，而是同窗好友严子陵。

　　刘秀下诏到严子陵的家乡会稽郡，让严子陵来见他，会稽太守接到旨令，在郡内"翻根掀草"进行排查，不见严子陵的人影。

　　报到刘秀那里，刘秀凭着记忆，口述了严子陵的相貌，让人画了一张像，到处张贴。不久，有人报告在山东沂河发现一个怪人，和画像有点像，别人钓鱼都是披着蓑衣，此人钓鱼却是穿着羊皮大衣，头戴皮帽。

　　刘秀怀疑钓者就是严子陵，派使者驾着聘请贤人的专车，带了好多聘礼，赶往沂河，去请他。

使者一直跑了三趟，严子陵才肯来。

刘秀欣喜万分，亲自出宫迎接，安排他住国宾馆，让御用厨师给他做饭。

刘秀希望严子陵留下来辅佐他，严子陵说："从前尧道德高尚，但巢父还要洗耳朵呢。士各有志，为什么要逼我呢！再说当官的事，我就走了啊！"

刘秀转换了话题，问严子陵："比起过去，我现在怎么样？"

严子陵说："比过去强一些！"

这个严子陵，连赞美之辞都这样吝啬，不过能从他的口中听到如此赞语已是登天了，刘秀一兴奋，决定晚上不走了，和严子陵一起睡。睡觉的时候，严子陵把一双臭脚搁在刘秀的肚子上面，呼噜打得震天响。

太史听说刘秀和严子陵睡觉了，大概是嫉妒吧，第二天起了一大早，编了个借口向刘秀汇报：昨夜观察星象，发现客星冲犯了帝座，很厉害。刘秀轻描淡写地说："不过是我与老同学睡觉罢了。"

刘秀本来想让严子陵当谏议大夫，严子陵死活不干，坚决要回富春山去种地、钓鱼。刘秀无奈，只好放他走。

严子陵视功名利禄为粪土，在他老人家眼里，神马都是浮云。历来的读书人都很尊敬严子陵，认为他是一个真正的隐士，北宋名臣范仲淹为他建了钓台和子陵祠，并写了一篇《严先生祠堂记》，赞曰：云山苍苍，江水泱泱，先生之风，山高水长。

但是朱元璋对严子陵痛恨得要命，他专门写了一篇文章痛斥严子陵，说："朕观当时之罪人，罪人大者莫过严光、周党之徒。"

在他看来，如果没有刘秀平定天下，严子陵这种知识分子"求食顾命"尚且来不及，何来雅趣优哉游哉钓什么鱼做什么隐士啊！

将范仲淹与朱元璋对严子陵的态度两相对照，十分耐人寻味！

寒山——最早的"嬉皮士"

张继的一首《枫桥夜泊》使寒山寺家喻户晓，名扬天下。而"寒山寺"之所以称为"寒山"，却是因为另外一个人而得名。

这个人就是寒山。据说今天在美国大学的校园里，遇见那些蓄了长发光着脚丫挂着耳环的新新人类，如果问一问他们有没有读过寒山的诗，也许有一半人会惊呼："哦，寒山，他是我们的祖师爷呢！"

原来，寒山的禅诗在二十世纪被西方汉学家大量翻译，极大地影响了美国当代诗歌，曾经被作为披头一代的精神食粮，而寒山则被奉为嬉皮派的祖师爷。

今天看来，祖师爷当年的生活并不好过。

三十多岁那年，寒山参加过四五次科举考试都落榜了，父兄妻子对他都很冷淡。一气之下，他背井离乡，抛妻别子，四处流浪，他到过湖北，还在山东当过小官，后来他来到济公故里——天台山隐居。

他隐居的地方因为"当暑有雪"，亦名"寒岩"，而他自己也就被人称为"寒山"了。

寒山由于没有固定的收入，吃饭穿衣就很成问题。

一顶采用纯天然植物桦树皮制作的帽子，一身到处灌风的济公破烂装，一双木屐，就是他的全部行头。

寒山买不起纸，但山里多的是石头，于是，寒山就把他的诗写到岩石上。

幸亏那时有一个文学爱好者，也是一个和尚，叫道翘，跟在他的屁股后面，他每写一诗，道翘就把它记下来，要不然，寒山的诗今天我们就看不到了。

没有饭吃，诗人寒山就要被饿死了。一天他到处找吃的，来到国清寺，饿得实在走不动了。寺庙厨房里的小和尚端了一碗剩饭他吃，他就和小和尚认识了。

小和尚是路边捡回来的野孩子，没名没姓，长大后就叫"拾得"，是个在厨房里洗碗筷、倒馊水的小人物，但是拾得也爱写诗。两个人由于相同的爱好，走到了一起。当然拾得所从事的工作，对寒山也有吸引力。

自从结识拾得后，寒山就成了国清寺的常客。

拾得准备了一个很大的竹筒，平时有残饭剩滓，就往里面倒。寒山如果来了，就把竹筒背回去。让人佩服的是这寒山看得开，并不以为这是一件丢人的事。

在国清寺的长廊里常常上演这样一幕：

戴着树皮帽子，衣衫褴褛的寒山，背着一竹筒的残羹，一边慢慢地走，一边快活地唱着歌，而且不时自言自语，笑出声来。

国清寺的和尚们被激怒了，寺庙生活枯燥乏味，哪里让人高兴得起来啊，你一个讨饭的凭什么这样高兴，太不像话了。

不知谁喊了声"揍这小子！"众和尚一拥上前，将他推倒在地，痛快淋漓地"修理"了他一遍。

而寒山呢？他拍拍身上泥土，捡起竹筒还有那顶树皮帽子，没事人一般呵呵大笑着出了庙门。

寒山曾经问拾得："世人有人谤我、欺我、辱我、笑我、轻我、贱我，我当如何处之？"

拾得曰："只要忍他、避他、由他、耐他、不要理他，再过几年，你且看他。"

据此推断，寒山这一招，是拾得教给他的。

拾得想得不错，想一想僧人们整天关在庙里边，没有什么业余活动，不让他们找个机会"扁"一下寒山，发泄一下身体里的精力，以后他们还会让寒山到寺庙里来背剩饭吗？

于是"修理"寒山成了和尚们的日常娱乐活动，寒山也有机会吃饱肚子继续写诗了。

拾得的预言也不错，过了若干年，那帮打骂寒山的和尚们都籍籍无名，寒山的诗却能流传到今天，且能漂洋过海折服一帮玩世不恭的洋小子。

"小事"影响颜真卿

唐代大书法家颜真卿五十四岁时，其兄颜允南去世，在《颜允南神道碑铭》一文中，他感念兄长教诲，不无深情地回忆了一件"小事"。

那时颜家养有一只折断了腿的鹤，年少的颜真卿不懂事，练字时用毛笔在断腿鹤的背上乱涂乱画。大他十五岁的兄长颜允南见到后，语气严厉地教训他："此虽不能奋飞，竟不惜其毛羽，奚不仁之甚欤！"断腿鹤就像落魄之人，一个人身处窘境时，也是心理最脆弱的时候，这时候被雪上加霜地踹上一脚，是多么令人心寒啊。

按颜真卿自己的说法，这件事使他终生铭记，对其为人处世影响深远，唐玄宗遭难，他独当一面，就是一例。

公元七五五年，安禄山造反，如入无人之地，仅用三十多天就攻占了东都洛阳，刚从温柔乡中醒来的唐玄宗不由伤心叹息："河北二十四郡，竟无一忠臣！"这时有人来报，说河北尽陷，只有颜真卿镇守的平原城没有损失。唐玄宗这才开始关注颜真卿，说：朕不识真卿久矣！其实他这时候真的连颜真卿长什么样子都不知道，《旧唐书》就是这么说的："朕不识颜真卿形状如何，何为得如此！"

唐玄宗觉得意外，也许还心中有愧：我对你颜真卿并不怎么样啊，你竟然为我如此卖命！

颜真卿却不这样看，他认为皇上对自己有恩，哪怕这恩只似滴水，也当涌泉相报，再加上，此时的皇上和一只断腿鹤有何差别呢？看来，小时候那件小事对他的影响不可小觑。

颜真卿最终被奸臣卢杞算计，由卢杞提议去安抚叛将李希烈，明摆着就是将他送入狼窝，他却慷慨赴行。颜真卿劝李希烈息兵归降，李希烈劝颜真卿助他反唐，颜真卿指着李希烈的鼻子骂道："如果我手中有刀就把你宰了，看你还来不来劝我！"

后来，李希烈派人在院中挖了一个大坑，扬言要把颜真卿活埋，颜真卿极为坦然："死就死，这是我的命！"并自作墓志和祭文，准备以死殉国。李希烈还不死心，又让手下在院子里堆上柴，生起大火，说："你如果还不投降，就自己往火堆里跳吧！"颜真卿当下就往火堆里跳，李希烈的手下连忙扯住了他。就这样，颜真卿既不吃软，也不吃硬。李希烈无法，软禁折磨了他三年，最终将他缢死，死时还骂不绝口，终年七十七岁。

颜真卿不愧为"千古真君子"。

做一个安静的逍遥者

一

唐代张志和以一首《渔歌子》奠定了他在唐代诗坛的地位，"西塞山前白鹭飞，桃花流水鳜鱼肥。青箬笠，绿蓑衣，斜风细雨不须归。"

这首词写得太美，创造了《渔歌子》这个词牌，后来，这首词流传到日本，和张继的《枫桥夜泊》一起上了日本的教科书。

张志和原先不叫这个名，他叫张龟龄。张龟龄少年得志，十六岁就考取了明经，后来在策对时，凭借出彩的言论给肃宗皇帝留下了深刻印象，皇帝很是欣赏他的才华，封他为左金吾录事参军。皇帝一高兴，还赏了他一个新名字——"志和"。

打这以后，"张龟龄"消失了，这个叫"张志和"的青年才俊如一颗新星在政坛上冉冉升起。正当他春风得意马蹄疾时，却不知怎么得罪了朝廷，被贬官到南浦，当了一个县尉。

张志和没去上任，找了个借口说为母治丧回到了老家。

但这个长假一请，就相当于从公务员队伍中主动辞职了，从此，他不再做官，而是作为"三无"人员长期在太湖一带游逛，又因为他常常乘一叶扁舟出入烟波浩渺之中，且好钓鱼，所以自称"烟波钓徒"。

这个钓徒钓鱼时，钩上没鱼饵，和当年姜子牙在渭水垂钓一样，不过是做个样子，当然不会有鱼上钩。

但是，不同的是，姜子牙直钩钓鱼，是为了炒作，吸引眼球，等大人物来发现自己；而张志和钓鱼完全是修身养性，全无功利目的。

张志和对做官没兴趣，主要是受父亲的影响，其父一生就没做官，闲散惯了，"清真好道"，专门研究道家学说。

因为父亲，张志和也爱上了道家学说，将庄子、列子两位大师的作品背得滚瓜烂熟不说，还专门写了几篇"学术论文"对二人的观点进行补充。

二

张志和虽没工作，吃饭的规格还是蛮高的，有蟹，有菰米，还有莼菜。

这一点，他自己的诗可以作证："松江蟹舍主人欢，菰饭莼羹亦共餐。枫叶落，荻花干。醉宿渔舟不觉寒。"

从"主人欢"三字可看出，他是一个经常到朋友家蹭饭的主，主人待他也很热情。

张志和的哥嫂对这个弟弟也很好，哥哥张鹤龄怕他逍遥惯了不回家，时间长了惹麻烦，就专门在他经常活动的附近建了一所房子安置他。房子是原生态结构，屋顶盖草，房梁和椽子都不用斧头加工，而是直接从山上砍伐来就用上了。床铺的规格更高，垫的是豹皮。

张志和很简朴,经常穿草鞋。有一次,他想奢侈一回,琢磨着到哪里去弄一大块布料,做一件大衣呢,嫂子听说后,亲自为他纺纱织布,圆了他的大衣梦。他把大衣当成宝贝一样,天天穿在身上,即使是大热天也舍不得脱下来。

到底是对弟弟放不下心,哥哥张鹤龄天天在家里念叨:弟弟啊弟弟,你这样逍遥快活到几时?江湖险恶,时光也不等人啊,你还是回来吧!

他专门写了一首《和答弟志和渔父歌》:"乐是风波钓是闲,草堂松径已胜攀。太湖水,洞庭山,狂风浪起且须还。"

可张志和就是不听劝,生活上有朋友亲人接济,衣食无忧,又不受谁管束,为什么要回家呢,当个浪子有何不可?

张志和把庄子当偶像,庄子的《逍遥游》,是他的行动指南。

但不是随便哪个人都逍遥得起来,要想逍遥,得宠辱不惊。

有位官员对他很不错,这人是个观察使(大概相当于现在地方的纪委书记),慕名去看望他,在他那里逗留了整整一天,还为他住的地方题了名,叫"玄真坊"。由于张志和住的地方并不算太大,观察使还特地为他扩建房屋。

这张志和也没怎么感动,根本没把什么"玄真坊"当回事,照样整天在外浪荡,不回家。

朋友陆羽,是位对茶极有研究的诗人(后人称他为"茶圣"),那天,跑来看他,见他独自坐在湖边,望着湖水发呆,心想,这样下去,这家伙非得幽闭症不可,于是劝他:"你每天不和人打交道,这样下去怎么能行呢?"张志和撇撇嘴说:"你知道什么啊?对我来说,天地就是别墅,明月就是灯烛,全天下的人都跟我在一起,我与他们共呼吸,一刻都没有分离过,还需要什么交际啊!"

言下之意,还有点怪陆羽:你让我安静地待一会儿不行吗,操那么多闲心干吗。

这番话把陆羽噎了个半死，陆羽怔了半天，甩了甩手，走了。

也有故意刁难他的，当地有个县令，估计是想欺负一下这位落魄的诗人，在摊派"水利任务"时，便找到了他，要他去挖水渠。

如果换成别人，肯定会吹胡子瞪眼：这算什么事啊，好歹我也是当过京官的人，连我的名字都是皇帝给取的呢。但他不生气，不就是挖个水渠吗？挖就挖吧，谁不会啊，于是他搬着劳动工具，跑来跑去，乐呵呵地挖了起来。

什么是大师，什么是境界，这就是。

这些事传到皇帝那里，皇帝动了恻隐之心，觉得像张志和这样的"三无"人员，孤苦无依，哪天被淹死太湖还不知道呢，得靠政策扶助一把才行，就特意送了一男一女两个奴仆给他。不承想，张志和也不管人家愿不愿意，居然包办婚姻，让人家结为了连理。

张志和想得长远，与其让他们孤男寡女日久生情，偷偷摸摸地交往，不如先下手为强把他们合法地绑在一起，以免日后生事。这一招，真是高！

三

虽然有了两个仆人照顾自己的生活起居，但张志和每天仍然坚持两耳不闻窗外事，一心只把鱼来钓，甚是悠然自得。

但张志和看似在钓鱼，实际上是在练气功。不过他练的是静气功，他在白鹭翻飞、桃花流水的天然美景中吐纳导引，采集天地阴阳灵气，通过冥想与万物沟通。后来，张志和将自己的修炼心得记录下来，辑为一书，取名《玄真子》，并且把"玄真子"作为自己的道号。

此外，他还可以"饮酒三斗不醉""卧雪不寒，入水不濡"。"饮酒三斗不醉"，古代的酒没什么酒精含量，饮三斗最多相当于今天喝两瓶老白干。现在能喝的人也不少，没什么稀奇的；躺在雪中不冷，也没啥大不了，今天热爱冬泳的人多的是；而跳进水里不湿，好像只有鸭子才能做到，不过鸭子的羽毛是有油脂的。

还有一次，张志和喝酒喝到痛快处时，就主动为大家表演水上游戏。他把一张席子铺在水面上，坐在上面饮酒、自顾说笑，还觉不过瘾，又拉开嗓子，唱起了渔歌，开起了"水上个人专场演唱会"。张志和乘着那张席子在水上随心所欲地漂来漂去，时东时西，时快时慢……这样的高手，和金庸小说里的"铁掌水上漂"有的一拼。

张志和最后沉水而死，大约是玩游戏失手而致。

唐代文学家、牛李党争中的李党领袖李德裕评价张志和时说：隐居而有名，显耀而无事，不窘迫也不显达，只有汉代的隐士严光可与之相比。

可见，当过宰相的李德裕还是很羡慕张志和的。

也是，残酷的帮派斗争消耗了一个人多少的才华与生命啊，做一个不慕名利、快乐自由的逍遥派，有何不好？这或许也是张志和的心中所想。张志和正是具有了这样的心态，才能为后世留下《渔歌子》这样的名作。

欧阳修的雅量

欧阳修长得什么样？流传下来的画像版本较多，不知哪个真实，倒是能从古人的言论中窥得一二。北宋张耒的《明道杂志》记载有个和尚给欧阳修看相，说欧阳修是个白面书生，龅齿，即"唇不掩齿"。

欧阳修长相不雅，却有非常的雅量。

"书有未曾经我读，事无不可对人言"，这是欧阳修的名言。

说世上有些书自己肯定还没读过，在图书出版还太发达的时代，对于自小聪明过人、读书过目不忘的欧阳修来说，这应该算是比较谦逊的话。

欧阳修在做主考官的时候，读到一篇《刑赏忠厚之至论》的妙文，发现里面有一段关于尧与下属的对话，从来没有看到过，于是找来这篇文章的作者苏轼，虚心地向这位年轻人求教。哪知苏轼回答道："我也没看到过，想当然耳！"历史岂能想当然？放在别的主考官身上，当时肯定有被戏耍被愚弄的恼怒，一气之下，将苏轼轰出门去也未可知，然而欧阳修欣赏苏轼的才华与坦荡，一笑置之。

爱才之心，必须要有宽广的胸襟垫底，作为北宋文坛盟主的欧阳修，提拔后进不遗余力，他举荐了王安石、曾巩、苏洵、苏轼、苏辙等人，尤其对于苏轼，更是袒露出一片赤诚的爱护、容纳之心。

　　欧阳修在《与梅圣俞书》一文中写道："读轼书，不觉汗出。快哉快哉！老夫当避路，放他出一头地也。"文人相轻，自古使然，如果欧阳修真的要压一压苏轼，苏轼出人头地怕是会走一点弯路。

　　欧阳修曾和儿子欧阳裴讨论诗文，谈到苏轼时，欧阳修不胜感叹："你记住我的话，三十年后，世人就只会知道苏轼，再也不会称道我的诗文了！"

　　欧阳修为人宽厚可以追溯到小时候母亲对他的教育和影响。

　　欧阳修四岁丧父，是母亲以获画地，教他写字，并教给他做人的道理。

　　欧阳修的父亲在世时，是一个小官吏，夜里常在烛下一边看案卷，一边叹息。当欧阳修的母亲问丈夫为何连连叹息时，丈夫说："这人犯了死罪，我想替他求生却又办不到。"欧阳修的母亲说："生路也是可以求到的吗？"丈夫说："每一个犯人，我都尽量替他求生路，实在无法，那就证明此人该死，我与他也都无憾了！"

　　这个故事，是欧阳修的母亲小时候讲给他听的，他一直不忘，这对他"天性仁恕"的性格形成有着深远影响。后来他办案的时候尽量从宽，不是故意杀人的罪犯，都尽量放他们一条生路，并说"此吾先君之志也"。

　　欧阳修始终看重文学对心灵的滋养作用，他认为，写作可以提高人的修养，使人心胸开阔。

　　欧阳修在滑州做官时，宋祁来拜访他，说有一位高官很是仰慕欧阳修的文章，想托他来拿几篇过去看看。欧阳修就把新写的几篇文章交给了宋祁。后来，欧阳修担任知制诰的时候，听到那位高官极力称赞一个叫邱良孙的人的文章，欧阳修找来邱良孙的文章一看，不由大笑。原来，邱良孙的文章正是自己送给高官的文章。当时，为了不使邱良孙难堪，欧阳修并未点破。只是后来此人凭这几篇文章当了官，欧阳修才向仁宗皇帝说起此事，仁宗大怒，要免掉邱良孙的官职，欧阳修还帮他说情。

欧阳修的雅量让人佩服，对于"文抄公"，都可以放他一马，对自己，却常较真。

晚年的欧阳修对自己平生的作品苦苦修改、精益求精，连夫人也心疼他了，说："何必自找苦吃，难道你还怕老师批评么？"欧阳修就笑着说："不怕老师批评，就怕后生笑话啊！"

欧阳修曾写有一篇《朋党论》，说"大凡君子与君子，以同道为朋；小人与小人，以同利为朋"，他欣赏为人正直的范仲淹，引其为同道；他厌恶任人唯亲的奸相吕夷简，一直不放过攻击指责吕夷简的机会。吕夷简当然也视欧阳修为眼中钉，他诬蔑欧阳修和范仲淹等人勾结朋党，离间君臣，将欧阳修贬为夷陵（今湖北宜昌）县令。

可以说，吕夷简是欧阳修的死对头，欧阳修虽然不喜欢吕夷简，却能知人任贤，对这位死对头的儿子吕公著青眼有加。

吕夷简有四个儿子，分别叫公绰、公弼、公著、公孺。吕夷简想试一试谁最有气量，曾经拿出一件稀世之宝与儿子们一起玩赏，玩赏时，假装失手摔破了宝物，其余三个儿子都大惊失色，只有吕公著镇定自如。吕夷简认定这个儿子有宰相之才，非常看重。

欧阳修当然知道吕公著在吕夷简心中的位置，换了别人，肯定会找个机会整治一下这小子，但是欧阳修在被他老爸贬官之后，还写了一篇《荐王安石吕公著札子》，赞扬他"器识深远，沉静寡言，富贵不染其心，利害不移其守"，专门向仁宗皇帝推荐他。欧阳修出使契丹时，契丹的首领问到中国有学问的文士时，欧阳修第一个提到的人就是吕夷简的宝贝儿子吕公著。

自拔金钗付酒家

　　林颀，清代女诗人，字韵徵，号佩环，清代大才子张问陶的继室。

　　张问陶自号"船山"，主张诗歌要写真性情，深得袁枚赏识，袁枚赞他具"倚天拔地之才"，视其为"八十衰翁生平第一知己"。清代文学家洪亮吉更是认为，船山可以和李白、苏轼并美，乾嘉诗坛所有诗人无人能及。

　　张问陶其貌不扬，据说长得像猴子，又没钱，但林颀死心塌地爱他、欣赏他。

　　两人情投意合，相互体贴，双双读书读到深夜，天气转寒，你为我加衣服，我为你加衣服，即使把门关上，两个互相看一天也不厌倦（"闭门终日坐相看"），真是柔情缱绻，两心交好，一窗幽梦。

　　张问陶家里一片书香氛围，"婢解听诗妻解和，颇无俗韵到闺房"，在夫妻二人的影响下，连婢女都喜欢听诗了。

　　一个冬天，张问陶为林颀画像，画完之后，张问陶说"得其神似而已"，在老婆面前，他还是很谦虚的，然而，这个爱才的老婆早就感动了，当时就忍不住在画像上题了一首诗：

> 爱君笔底有烟霞，自拔金钗付酒家。
> 修到人间才子妇，不辞清瘦似梅花。

"爱君笔底有烟霞，自拔金钗付酒家。"爱一个男人是爱他骨子里的才华，就算是落魄到无钱付酒资的地步，她也爱，不光是爱，还拔了自己的金钗为他付账，因为，在她看来，男人笔底的才气远远胜过自己头上的珠光宝气，如此女子，男人要真是碰到，实在是太幸运了。

"修到人间才子妇"，这个"修"字最好玩，给人的感觉是，好像这个女子在前生做了许多善事，才修得了这一段美姻缘。"不辞清瘦似梅花"，跟着才子享受不了荣华富贵，甚至还要忍饥挨饿，为生计操劳，但就算是人比梅花瘦，也值得啊。

张问陶当下也很感动，赶忙提笔，和诗一首：

> 妻梅许我癖烟霞，仿佛孤山处士家。
> 画意诗情两清绝，夜窗同梦笔生花。

就这两首诗比较而言，还是林颀的诗要深情精彩得多。

时人羡慕林颀嫁了个才子夫君，竟说愿意化作绝世美女，给张问陶当老婆，"我愿来生作君妇，只愁清不到梅花"。一时间，张问陶竟然多了好多粉丝，收到了无数情诗，他觉得自己受不了这些肉麻情诗的追捧了，"飞来绮语太缠绵，不独青娥爱少年。人尽愿为夫子妾，天教多结再生缘"，可笑的是，寄来情诗的还有大男人。

有人说，男人缺钱是吸引不了普通女子的，但是，如果这个男人有才，是可以让不俗的女子为他死心塌地付出所有的。

女"陶渊明"芸娘

芸娘为何人？读过笔记《浮生六记》的人都知道，她是作者——乾隆时代的寒士沈三白的妻子，林语堂先生曾称之为中国文学史及中国历史上一个最可爱的的女人，他还对人说："沈三白之妻芸娘，乃是人间最理想的女人，能以此姝为妻，真是三生有幸呢！"看来，他对芸娘是爱得不行，大有将自己化成沈三白的意思。

和林语堂先生一样，我始终相信芸娘应该真有其人的。网上曾有一种说法，说三白将芸娘写得如仙女般完美，不过是一个潦倒书生的意淫罢了。

和这种观点相反，我倒是认为，三白的生花妙笔，渲染点缀，说不定只还原了一个真实女子的十分之七八，甚至更少！不过是冰山一角罢了。

芸娘是最有女人味的女人。

女人味，并非现代女子张扬的性感妩媚，而是隐含着一种传统的美德，所谓贤良淑德，就是以现代视角来看，也并不都是应该颠覆的东西。

这里有体贴，有牺牲，有柔情，更有宽容。

芸娘是三白舅舅的女儿，比他大十个月。三白说自己十三岁时，去舅舅家，看了她写的诗，"叹其才思隽秀"，就爱上了这个表姐，他母亲摘下金戒指为他们定了亲。

芸娘并非国色天香的女子，三白形容她削肩长颈，瘦不露骨，眉清目秀，神采飞扬。美中不足的是，有两个门牙稍稍露出，似非佳相。

这是做少女时的芸娘，才华与身体就像梅子一样青涩，三白却认为她有一种缠绵之态，令人销魂荡魄。

芸娘四岁失父，家庭贫寒，小小年纪的她，以做针线活养家糊口，供弟弟读书，而她自己，竟是用白居易的《琵琶行》做启蒙教材，学会了认字、作诗。这种经历，滋养了芸娘自我牺牲、知冷疼热的品格。

还是两人刚订婚不久的那年冬天，三白夜送堂姐出嫁，回到芸娘家中，已是三更时分，正是饥肠辘辘，芸娘悄悄地拉拉他的袖子，把他带入闺房，将她藏了多时的暖粥奉上。三白正要举筷，芸娘的堂兄玉衡挤进来，对她戏谑道："我要吃粥你说'吃完了'，原来是专门款待你的夫婿的啊！"弄得她非常窘迫，急忙躲开。

原来，爱情可以装在一个小小的碗里来表达。

这一粥一饭的恩情让三白念念不忘，两人婚后，诗酒唱和，百般恩爱，芸娘去世之时，他发出这样的悲叹：愿世间夫妻不至于反目成仇，但也不能过于恩爱。否则，一方撒手人寰，另一方将是多么痛苦！

芸娘爱夫君，爱得特别用心，甚至迷信。

两人十七岁时结婚，并肩吃饭的时候，三白发现桌上有荤菜，想起芸娘早就吃斋数年了，暗自计算她吃斋的日期，正是自己生天花的时候，现在他的天花痊愈，脸上也没有落下"麻子"，于是问芸娘是否可以开斋，芸娘笑着点点头。

原来，芸娘几年如一日不沾荤腥，是无时无刻不为三白祈福：不要变成麻脸，企盼他能健康啊！

芸娘的柔情是含蓄的，是不需要用言语去表达的。

两人还是在蜜月里的时候，三白送自己的姐姐出嫁，回到家后，迫不及待去见芸娘，只见芸娘卸了妆在看书等他，银烛之下，那低垂粉颈，明明知道丈夫回来，心跳得飞快了，却假装沉醉在看书之中。于是，三白上前抚肩道："姐姐整天辛苦，怎么还这样孜孜不倦啊！"两人如密友重逢一般。三白在打闹中捕捉到了芸娘小鹿般的怦怦心跳，在她耳边说："姐姐的心怎么跳得这样快啊！"

芸娘回眸微笑，三白便觉得有一缕情丝摇入魂魄。

三白是个自小有闲情的人，他的这种闲情，在今天看来，似乎有些夸张，比如说在夏天蚊声如雷，他却把蚊子想象成一群仙鹤在天上飞舞。与三白的这种闲情相呼应，聪明的芸娘是一个善解人意的女人，也是一个会玩出高雅情趣的女人。

三白扫墓的时候，捡来一些好看的石头，准备做一个假山，但苦恼于用油石灰黏合，会露出斧凿的痕迹，芸娘教他将顽劣黄石捣碎，用水拌和，抹在黏合之处，假山便宛然天成了；三白喜欢插花，芸娘略嫌单调，教他将死了的昆虫，如螳螂、蝉、蝶之类系在花草之间，栩栩如生；夏天荷花初放的晚上，芸娘会用小纱囊装一点茶叶，放在荷花蕊上吸取精华，第二天清晨，取出纱囊，再用天然泉水冲泡，喝一口，清香幽韵，无与伦比。

还有一次，三白与友人郊游，因为野外没有酒店可以吃菜饮酒，芸娘为他们雇了一个卖馄饨的师傅，挑着锅灶与他们同行，这样，三白与友人得以对花热饮，心满意足地醉饱而归。

但芸娘并非不食人间烟火的女人，她既是三白柴米油盐的妻子，也是为三白"添香"的"红袖"，既能为三白做便宜可口的菜肴，又能与他谈诗论画。

最关键的是芸娘懂三白。

父亲对三白不喜仕途、不求上进颇为不满，芸娘却与三白步调一致，夫唱妇随。三白不喜功名，不喜繁华，钟情恬淡自然，醉心山水闲趣。她不但从未苛责或者暗示，反而是欣欣然地投入到三白的情趣当中，她淡雅脱俗，卓尔不群，全身散发着一种娴静之味、淑然之气。

三白和芸娘到一幽僻之地避暑，邻居只有一对老夫妇。白天，老翁为他们制作钓鱼竿，让他们坐在清风徐徐的柳荫深处垂钓；黄昏，夫妻二人相拥欣赏美丽的夕阳与晚霞；晚间，虫声唧鸣，两人在月光下慢饮小酌。

这种惬意生活让芸娘留恋不已，她非常开心地许下愿望，希望将来与他在这里买地建屋，再在房子周围种上十亩菜园，然后"课仆妪，植瓜蔬，以供薪水。君画我绣，以为诗酒之需。布衣饭菜，可乐终身，不必作远游计也。"如此田园理想，活脱脱一个"女陶渊明"！

芸娘走出闺阁，与三白出游，来到沙鸟飞鸣、水天一色的太湖，见天地之宽，览山水之胜时，芸娘不由大发感叹："此即所谓太湖耶？今得见天地之宽，不虚此生矣。想闺中人有终身不能见此者！"清风徐来之中，手摇纨扇，赏霞光满红，烟笼柳暗，湖光闪耀，这时候剖瓜解暑，听船家女少击碟而歌，享受的是何等自在的人生！

可以这么说，芸娘活这么一辈子，抵得上那些被礼教禁锢于深闺的女子活上八辈子了。

可惜这样的神仙眷侣的日子终不长久，夫妻俩最终都要面对生活严酷的挤压和掠夺。

三白是天生的不擅生计，没有固定工作，习幕、经商都是不得已而为之，他喜欢的是"呼朋引类，剧饮狂歌，畅怀游览"，不惜"计米商柴而寻欢"。虽然三白有着浮华浪荡的习性，但她这一生从来没有怨过三白。对于生活的坎坷，她曾对女儿总结道："汝母命苦，兼亦情痴，故遭此颠沛。""情痴"，是芸娘对自己的定位。既然爱三白，就注定要与他承受所有的苦难和忧伤，承担生活的风霜雨雪。

三白与芸娘的现实窘境，还在于二人不被家庭所容。特别是三白的母亲极不喜欢芸娘，顺带连自己的儿子也不疼爱了。没有长辈的关照和支援，三白一家很难支撑，他们的女儿给人做童养媳，儿子逢森因家庭拮据，早早就跟人学贸易，后来病死在十八岁上。

在那一天，芸娘终于熬不住了，她躺在扬州客舍的病榻之上，知道生命之灯快要熄灭之时，还在感谢上天赐给她三白这样的佳婿，感谢三白赐给她神仙般快乐的日子，说着说着，她就气喘，不能发声了，三白只听到"来世"二字。然后任他千呼万唤，芸娘已不能言。唯有两行清泪，从脸上涔涔流下。等泪水渐干，芸娘便芳魂缥缈了，年仅四十多岁。

芸娘走了，带着来世再做三白之妻的愿望，不舍地走了。这时候的三白已经没有家了，还不知今后的日子怎么过。芸娘死时，是不甘心，也是不放心的吧？

像三白这样的落魄书生，与芸娘这样的女子结为夫妻，是幸还是不幸？

以世俗意义的标准来看，他们的生活非常不幸，俗语说，贫贱夫妻百事哀，然而，他们还有爱情，相濡以沫、相知相融的爱情。

那么，爱情是什么东西？喜欢一位女作家的观点，她说她不赞成众多文学作品里吹嘘的爱情至上论，但是，不得不承认，爱情比名利、比金钱、比青春都重要一点点，不多，就那么一点点。

"狠人"范仲淹

范仲淹，字希文，谥号"文正"，是个励志的大典型，两岁死了父亲，四岁随母亲改嫁寄养山东，读书极为刻苦，"划粥而食"不说，大冷天还用冷水浇脸醒神。

从这一点来说，范仲淹对自己有点狠。

还得从范仲淹读书的事说起。

范仲淹同学跟着改嫁的母亲到了山东淄州长山县（今邹平县）朱家，朱家为他改了名字叫朱说。朱家很有钱，平心而论，朱家没有虐待他，范仲淹之所以把自己搞这么苦，完全是为了励志，他在一座山上的破庙里读书，每天早晨、晚上，读书的声音特别大，山里的和尚都认识他。他每天只煮一盆粥，粥凉之后划为四块，早晚各取两块，拌一点姜蒜，拌一点腌韭菜，就开始吃，吃完之后继续读书。

后来，范仲淹到应天府（今河南商丘）读书，继续保持这一习惯，有个"官二代"看他生活清苦，出于好意，就送了些美食给他。他却任美食发霉，一口不尝，"官二代"埋怨他，他说："划粥割齑的生活我过惯了，我怕吃了你的美食，往后就咽不下粥和咸菜了！"

不是他不好这一口，而是真的有大志向。这志向就是"先天下之忧而忧，后天下之乐而乐"，有人说他装，其实，他还真不是在装，这里举几个他赤膊上阵，与当权者对着干的事例。

宋仁宗二十岁的时候，基本上是个傀儡皇帝，掌朝的是太后刘娥，满朝文武包括皇帝，都得看她的脸色。宋仁宗为了拍刘娥的马屁，打算率领百官给刘娥贺寿。

没人敢说一个"不"字，范仲淹站出来了。他强烈反对，写了一个奏章，干脆要求太后撤帘还政。还说，太后过生日，皇帝一个人去，倒还说得过去，带领百官跪拜，岂不是坏了体统？皇帝代表国家啊。

不用说，太后很生气，要下旨处分范仲淹，宋仁宗还算精明，提前贬他到河中府任通判。

后来，太后刘娥去世，宋仁宗亲政。有一年七月，旱灾、蝗灾在全国蔓延，淮南、京东一带特别严重，范仲淹请求仁宗派人去赈灾，仁宗爱理不理，范仲淹说话就不客气了，他质问皇帝："如果宫中的人半天没饭吃，会怎样？那么多老百姓饿了多少天肚子了，您将心比心想一想吧！"

宋仁宗只好派范仲淹到灾区去安抚赈灾，范仲淹每到一处就开仓放粮，减免赋税，安顿百姓。等灾情缓解之后，他又从灾区带来一些野草，拿到宫中给皇帝和六宫贵戚看，说："看看吧，灾民们就吃这个，多苦啊！"

庆历年间，官僚机构庞大，行政效率低，范仲淹帮助仁宗皇帝改革，史称"庆历新政"。"新政"的重头戏是干部制度改革，他大刀阔斧整顿吏治，不讲亲疏、不避权贵，削弱"门荫"集团，同时派亲信明察暗访各级官员，对于有才能的官员加以提拔，对于贪腐官员就大笔一挥，把名字划掉了，有人戏称他的一支笔比阎罗判官手中的笔还狠。

富弼劝他："你这大笔一勾，可知道他全家都要哭！"

范仲淹回答："一家人哭总比一个地区的人哭要好！"

范仲淹这么做似乎是狠了点，但他下的是猛药，立马见效。

范仲淹六十四岁时，死在奔赴安徽阜阳任职的路上。他的死轰动海内，连远在西北的少数民族族人，也哭之如父，斋戒三日而去。凡是他做过官的地方，老百姓纷纷为他建祠画像。

范仲淹死时，家财散尽，一家人贫困交加，暂借官屋居住。

范仲淹的"先天下之忧而忧"真不是说着玩的。

发明"钞票"的急性子

北宋名臣张咏，关于他的传说很多，也很有趣。他给中国文化贡献了"水滴石穿""不学无术"两个成语，还发明了世界上最早的纸币——交子。

张咏的脾气很怪，他喜欢意气用事，和人斗气，不过他很正直，有时做得虽然过分，也能赢得赞誉。

他在湖北做县令的时候，发现一个管钱的小吏，偷了一枚钱藏在头巾里带出库房，于是令打板子作为惩戒，小吏不满，嚷道："我不过是偷了一文钱，你竟因此打我，但你能够杀我吗？"这种"激将法"对张咏倒是管用，张咏写了四句判词："一日一钱，千日一千；绳锯木断，水滴石穿。"随即拔剑杀掉了他。此事震动全县，从此当地治安大为好转，今天换个角度来看，"水滴石穿"这个成语其实是用一个狂妄小吏的性命换来的。

张咏不仅喜欢和人斗气，还喜欢和物斗气，他性子很急，还是他在四川任职时，有一次吃馄饨，头巾上的带子几次掉到碗里，他竟迁怒于

173

头巾，把头巾丢到馄饨碗里，大叫道："你自己请吃个够吧，老子不吃了！"

看上述表现，张咏好像是一介武夫、粗人或者酷吏，其实不然，他爱读书，时人称他"不事产业聚典籍"。官俸几乎都用来买了书，久之，他的藏书达到近万卷。他自恃书读得多，连当时在澶渊之盟中大出风头的寇准，也敢嘲笑。当然这种嘲笑是善意的。有一次，他去拜访寇准，寇准设宴款待，二人将别时，寇准向他请教："何以教准？"张咏说："《霍光传》不可不读。"寇准一头雾水，直到寇准后来读《霍光传》，发现书中有"光不学无术"一句，才明白张咏是在说他"不学无术"。

张咏爱动脑子，他曾说："大小之事，皆须用智，智犹水也，不流则腐。"张咏的性格有鲁莽急躁的一面，也有心细如发的一面，由于他善于动脑，所以审案常出奇招，留下不少佳话。

他在杭州做官的时候，审过这样一个案子，当时有个年轻人和姐夫争家产，姐夫认为自己应该分得七成，小舅子分三成，他的依据是岳父的遗嘱，他说："岳父去世时，小舅子仅三岁，岳父的遗嘱上写得清清楚楚，等小舅子成人后分家产，我得七，小舅子得三。还说将来他如果不服，可到官府公断。"张咏见到遗嘱后啧啧称叹，令人取酒浇于地上表示祭奠，对他道："你岳父真是聪明。他死时儿子只有三岁，只能托你照顾，如果遗嘱不交代清楚分产之法，或者写明将来你得三成，他得七成，他儿子只怕早被你害死了，哪里还能养大？"于是判决家产三成归婿，七成归子，当时无人不服张咏明断。

张咏的判决未必符合现代的法律程序，但是张咏能根据中国人的家产一般传子不传女的传统，一眼看透立遗嘱者的本意，十分难得。

今天看来，张咏最大的贡献，是发明了钞票，这种今天我们人人离不开的东西。他治理四川时，创立了"交子"制度，一张钞票抵一千文铜钱，是世界最早的纸币。

一直纳闷，连吃馄饨都那么性急的一个人，为什么会有这样高明的超前发明。后来，我想通了，也许正是张咏的性急，才使得他发明了钞票。你想想金银铜钱又笨又重，遇上一个急性子的人，他正恨不得一下子都带走，如果是换成了一张张纸，携带起来多方便啊。

　　世人都知道电灯是爱迪生发明的，但少有人知道钞票发明者是一千多年前的张咏。不过，伦敦的英格兰银行倒没有忘掉纪念这段金融历史。据到过这家银行的人说，英格兰银行中央的一个天井里，种着一棵在英国少见的中国桑树。因为张咏发明的"交子"原材料就是桑树叶。可惜那时候没法申请知识产权，否则，银行中央的天井里树立的可能是张咏的雕像。

恨夫不为楚霸王

青州十年，是宋代女词人李清照与丈夫赵明诚最幸福的十年。

夫妻俩志趣相投，每得到一本古籍，就一起校对，题上书名。得到书画古玩，常常一起观摩把玩，指摘毛病，以烧完一根蜡烛为限。

有一次，有人向夫妻俩兜售南唐画家徐熙的《牡丹图》，要价二十万，他们无力购买，将画留在家中欣赏了两个晚上，才归还给卖主。为此，两人在家中相对叹惋了数日。

但过后发生的一件事，使李清照对赵明诚非常失望与愤怒。

公元一一二九年，已经做了一年多江宁知府的赵明诚，得到调任湖州知府的命令，正在他办理交接手续的时候，一位姓李的下属带来紧急情报：御营统制官王亦准备阴谋叛乱。

作为过渡时期的官员，赵明诚这时候至少应该报告上级，或者调遣兵力做好平乱的准备，但是他的表现非常不男人，在当天晚上，他竟然当了可耻的逃兵——与另两位官员一道"缒城逃走"了，竟置全城百姓安危于不顾，这当中，当然也包括李清照。

幸亏那位姓李的下属自己组织力量，平定了王亦的叛乱，不然，李清照，还有他们夫妻俩辛苦收藏的十几车文物，恐怕都会成为王亦的战利品。

朝廷得知此事后，立刻罢了赵明诚的官。

赵明诚跑路时，为什么不带上李清照呢？难道李清照在他心中不再重要了吗？他早已厌倦她了吗？不是，他根本不敢拉她"下水"。做了这么多年的夫妻，他还不了解她的个性吗？她是何等刚直的女人，如果要她和自己偷偷开溜，那鄙夷的目光当如利剑刺穿他的灵魂。

毋庸置疑，赵明诚的自私与贪生怕死，让李清照寒心、痛心、羞愧之至，她与不无狼狈的赵明诚途经芜湖、当涂，前往江西。船行到乌江镇时，忽然想起这正是当年项羽兵败自刎之处，不由百感交集。她自然而然将项羽与赵明诚作了比较，生平第一次觉得饱读诗书的赵明诚是那般渺小，而一介武夫的项羽是那样高大，面对奔流不歇的长江水，她心潮起伏，写下了这首千古绝句：

生当作人杰，死亦为鬼雄。
至今思项羽，不肯过江东。

不久，赵明诚就接到了让他复官的圣旨，但他一点也高兴不起来，还有什么比妻子的藐视更让人羞愧呢！在他与李清照之间，产生了一道深深的裂痕，这道裂痕不仅仅与爱情有关，所以很难修复。

这时候，赵高宗从杭州逃到建康，命令赵明诚立即上殿朝见，赵明诚临时将李清照安顿在贵池，单身前往。分别之际，赵明诚"葛衣岸巾，精神如虎，目光烂烂射人"，李清照感觉不妙，大声喊道："假如城里局势危急，怎么办呀？"赵明诚伸出手指回答道："跟随众人吧！先丢掉行李衣物，再丢掉书册古董，只有那宝贵的三代古鼎，一定要带在身上，与之共存亡！不要忘记啊！"

赵明诚显然是一个"严于律人，宽以待己"的人，现在他让李清照誓与宗器共存亡，显然已经忘了，先前自己"缒城逃走"时，可是什么都没有带的啊！

这些，李清照根本不会计较，她唯有含泪应允。

赵明诚由于过于劳累，加上天热，到达建康之后，患了重病，等李清照日夜兼程火急火燎赶到时，他已病入膏肓，几天之后就病逝了。这一年他四十九岁，她四十六岁。

苏轼识人

苏轼的贤内助王弗极会"幕后识人",苏东坡和客人谈话之时,王弗立于幕后,往往听得数言,就能断定客人是否值得交往,是哪类人,准确率相当高,可谓是闻言识人的典范。

比起夫人来,为人旷达的苏轼待人接物显然粗疏得多,但是他也擅长识人。今人说"细节决定成败",并不是什么新鲜的东西,譬如苏轼,他就很会由细节看一个人的品质。

这里姑举几例。

谢景温博学多闻,与范仲淹、欧阳修关系融洽。苏轼和他的关系刚开始也不错。一件看似非常平常的小事,改变了苏轼对谢景温的看法。有一次,两人在郊外行走,一只受伤的小鸟从树上掉下来,谢景温抬腿一脚,就把这只小鸟踢到一旁。

这里有必要插一句。小时候,苏轼的母亲程氏就教育孩子们尊重动物生命,曾规定儿童婢仆都不得捕杀鸟雀,所以苏家的生态环境相当不错。少年苏轼书房前的树枝上,小鸟都在低处做窝,连里面开口待哺的雏鸟都看得一清二楚。

在母亲的言传身教下，苏轼从小爱鸟，面对谢景温这个看似漫不经心的动作，苏轼不由心凉半截：此人轻贱生命，一定是损人利己之徒，不可深交。

谢景温的妹妹是王安石的弟媳，因为有这层关系，他深得王安石的重用，王安石建议皇上破格提拔他担任侍御史知杂事。当时正值苏轼反对王安石的新法，王安石对苏轼极为不满。谢景温为"报恩"讨好王安石，便与王安石合谋加害苏轼，诬陷苏轼在父丧归蜀之时，利用公家船只兵卒运售私盐，企图将苏轼治罪。

盐是人民生活必需品，地位特殊，需求庞大，所以朝廷对盐贩处罚十分严厉，宋仁宗时颁布的最新盐法，规定贩运私盐达二十斤要判刑一年，达二百斤就要流放异地。

谢景温的这一招十分险恶，一旦罪名成立，苏轼就会丢官罢职，前途毁于一旦。但这件案子上报到皇上那里，最终因查无实据，不了了之。

还有一位叫章惇的，早年和苏轼过从甚密，无话不谈。宋人笔记《高斋漫录》中记载了两人相交的一则轶事，很能说明苏轼由细节看透章惇的智慧。

苏轼任凤翔府节度判官，章惇任商州令的时候，两人在山中游玩，游到仙游潭的时候，碰到一处特殊地形。前面是悬崖峭壁，只有一根独木桥相通，独木桥下深渊万丈，章惇提出让苏轼过桥，在绝壁上留下墨迹，苏轼不敢。章惇神色平静地轻松走过，用绳子系在树上，以玩杂技般的高难度手法在陡峭的石壁上写了"苏轼、章某来此"几个字，苏轼不由抚着他的背长叹："能自拼命者能杀人也！"章惇大笑。苏轼认为，人如果不珍惜自己的生命，他也不会珍惜别人的生命。

宋朝陈鹄的《耆旧续闻》还记述了苏轼与章惇交往的另一个细节，说有一次两人在山上喝点酒，有人报告说发现了老虎，两人借着酒劲骑马前去观看。可离虎还有几十步远的距离的时候，"马惊不敢前"，苏轼打起了退堂鼓，说："马都害怕了，我们去凑什么热闹啊！"章惇却鞭马向前，拿了一面铜锣在石上撞响，老虎受惊逃窜。回来后章惇得意扬扬地对苏轼说："你不如我！"他向苏轼炫耀自己的胆大和所谓的"智慧"，殊不知苏轼并不欣赏他这种冒险的狠劲。

就是这位章惇，后来大权在握，整起政敌来毫不手软。司马光在生前与章惇政见相悖，常生间隙，章惇认为司马光是奸邪之人。等司马光死后，章惇对司马光的恨意未消，竟提出掘开司马光的坟墓，打碎他的棺材，暴骨鞭尸。但是皇帝不许，章惇还不解气，他不停上奏，要皇帝追贬已死的司马光为清远军节度副使，不久，又贬"死司马光"为崖州司户参军。章惇与苏轼政见不合，对苏轼也大下辣手，把苏轼贬到偏远的惠州。苏轼在惠州以苦为乐，写诗曰："为报诗人春睡足，道人轻打五更钟。"诗传到京城，章惇睡不着觉了：将你贬得这么远，你还能睡得这么香！他嫌苏轼在逆境中也能这么逍遥，就再贬他到更偏远的儋州（今属海南）。在宋朝，放逐海南岛是仅比满门抄斩罪减一等的事，由此可见章惇之狠。《宋史》将章惇列入《奸臣传》，可见其为人所不齿。

这是两个反面的例子，当然，苏轼也有识得好人的一面。比如公元一〇八五年苏轼在登州做官的时候，有一个姓袁的主簿每次来报告事情都特别啰唆，苏轼感到十分厌烦。

有一次，袁主簿又来长篇大论地禀报公务，苏轼嫌烦，就敷衍他道："晚上来吧。"到了晚上，袁主簿真的单独来了，苏轼勉强出来见他。苏轼正看杜甫的诗，想刁难一下他，就故意问道："'江湖多白鸟，天地有青蝇'，这'白鸟'指什么？是指鸥鹭一类的鸟儿吗？"袁主簿马上答道："白鸟，并非指鸥鹭，而是指蚊蚋之类的虫儿。以此暗喻不理民情、饱吸人血的赃官，如今世界，君子太少小人太多啊！"

苏轼本来是想用"白鸟"来嘲讽袁主簿说话像蚊蚋那样嗡嗡不止，

扰人视听，哪知袁主簿不但很有学问而且心地正直，话中有话指责他"不理民情"，心胸开阔的苏轼并没有嫌恶他，反而一改先前的冷淡态度，对他另眼相看，特别厚待他。

从这则"以诗识人"的小事，也看出苏轼知错就改的品性。苏轼这一生交游甚广，据有心人统计，可以查证的交往对象达一千三百多人，与人打交道，可能是这个世界上最累、最复杂的事，苏轼以细节识人，不失为一条捷径。其识人的准确程度之高，让人佩服，这是和他自身的言正身端分不开的。

苏轼的天真

天真，是一种天生的精神状态。每个人在孩童时代都曾拥有过天真的品质，然而在生存竞争中，天真日渐被圆滑、世故甚至狡诈挤走了，所以，对于成年人来说，保住天真，比保住金钱、地位、青春更难得。

古往今来，赤子童心、天性浪漫，在生命中永葆一份天真品质的文人不多，苏轼是其中一位。

苏轼的天真具有孩童的顽皮可爱。他初贬黄州时，与朋友出去游玩，有一项重要的娱乐活动，就是"挟弹击江水"。这种游戏，不知是拿弹弓将石子打到江水里，看谁打得远，还是类似于我们儿时玩的"打水漂"，拿一块小瓦片或者石头，贴着水面上一跳一跳地漂过去，激起一串串浪花。

不管是哪一种，作为一个年近五十、华发早生的中年人，在仕途倍受挫折的境遇下能玩这种充满童趣的游戏，的确天真得可爱。

比这更可爱的是，他居然会用竹箱去装白云。

看得到、摸不着的白云也是可以用箱子去装的吗？今人听起来，感觉像是天方夜谭吧。

苏轼这样交代创作《攘云篇》这首诗的缘由：他从城中回来的路上，看到白云从山中涌出，像奔腾的群马，直入他的车中，在他的手肘和腿胯之处到处乱窜，于是他将白云装了满满一竹箱，带回家，再将白云放出来，看它们变化腾挪而去。所以他的诗中有这样的句子："搏取置筐中，提携反茅舍。开缄乃放之，掣去仍变化。"

这些白云就像飞禽走兽一样，被他赏玩一番，又放回山去了。

天真总是和无邪相连，所以苏轼不相信世界上有坏人，只有是否值得交往之人。他曾对弟弟苏辙说："吾上可陪玉皇大帝，下可以陪卑田院乞儿。眼前见天下无一个不好人。"对于陷害过他的政敌，他不记恨，更不会打击报复。

天真更是一种探索精神，对未知世界的好奇心，是永葆天真的源头。

苏轼相信鬼神，《东坡事类》载"坡翁喜客谈，其不能者强之说鬼，或辞无有，则曰，姑妄言之。闻者绝倒"。他喜欢和人谈鬼，别人讲不出鬼故事，他还强迫别人讲，即使胡编也没关系，反正他爱听。

看来，苏轼关注生活的热情，不囿于儒家正统思想的局限性，"子不语怪力乱神"，孔子从来不谈论有关怪异、强力、叛乱、鬼神的事。而他不仅对人之"生"感兴趣，而且对人之"死"也感兴趣，与其说他无聊，毋宁说是一种对未知现象的可贵探索，是以可贵的好奇心拒绝生命的衰老。他为什么喜欢谈鬼呢？大概是想象着人死后，并非一了百了，而是能变成鬼，继续演绎人间的喜怒哀乐吧？从某种意义上说，这也算得上一种天真。

"励志"模范司马光

司马光这一生孜孜不倦在做两件事，一是反对王安石变法，二是写《资治通鉴》。

王安石和司马光在政见上水火不容，一个执意要变法，一个铁了心反对变法，两人偏偏都是出了名的倔人。王安石公然宣称"天变不足畏，祖宗不足法，人言不足恤"。司马光呢，多次给王安石写信，劝他不可"用心太过，自信太厚"，后来宋神宗希望司马光出任枢密副使，司马光一连上了六道奏折表态坚决：新法一日不废，我一日不就任。

不过，司马光与王安石的斗争是君子之争，两个人在政见上互相痛恨，在人品与才华上互相钦慕。

王安石对司马光的评价是：司马君实，君子人也！

有人怂恿司马光弹劾王安石，司马光反驳道："他不为任何私利，为什么要弹劾他？"

司马光常说的一句话是：介甫（王安石的字）没有别的毛病，就是脾气太犟了！

王安石与司马光在同一年去世，在王安石去世时，司马光仍抱病给当权者写信，说王安石过人之处甚多，现在他死了，那些如墙头草的小人肯定会百般诋毁他，所以朝廷要厚待他。这样，王安石死后，被追赠太傅（正一品荣衔）。

司马光如此实诚厚道，也是有缘故的。

很小的时候，大概是在砸缸事件前一两年。有一次，他和姐姐砸核桃吃，核桃仁外面有一层薄皮，吃起来很涩，司马光想剥掉薄皮，去不掉，婢女用热水一烫，皮就剥下来了。恰好父亲司马池走过来，问这皮是谁剥的，司马光说："是我剥的啊！"司马池斥骂道："小子怎么敢说谎！"从此，司马光终生不敢再说慌，后来还把这事写到纸上，鞭策自己。

清代陈宏谋说："司马光一生以诚为本。"的确如此，晚年的司马光，手头比较紧，叫仆人去卖马，他再三叮嘱仆人："这马有肺病，一到夏天就犯了，你一定要跟买主讲清楚！"

仆人有点哭笑不得，跟买主说了实话，还能卖出好价钱吗？

司马光不这样看，一匹马少卖点钱是小事，对买主不诚信，坏了名声，那可是大事。

司马光这一生最大的功绩，是完成了史学巨著《资治通鉴》，他与伟大的史学家司马迁如双子星座，被称为中国史坛的"二司马"。

这部书一共三百万字，一千三百多年的历史，司马光足足写了十九年。他在《进资治通鉴表》中说："日力不足，继之以夜""精力尽于此书"，书名的意思是：鉴于往事，资于治道。

他写这本书差不多是玩命，吃饭让家人送，每天改的稿子有一丈多长，上面全是一丝不苟的楷书，没有一个草字。那时没空调，房子又小，夏天写书简直是受罪，书稿都被汗水浸湿了。为了不至于中暑，他让人在书房里挖了一个大坑，还砌了砖，搞得活像一个坟墓或者说地下室，查资料、写书都在这里进行。

书写成后，光是未用的残稿就堆了两间屋子。他自述因为写这个，费尽了所有的精力，弄得形销骨立，不光眼睛快失明了，牙齿也快掉光了，还得了神经衰弱症，记忆力超级坏，并且感到命不长久，连遗书都写好了。

一千多年过去了，《资治通鉴》还是各大书店的畅销书，坦率地说，这本书很难读，有些人读了几卷，就想睡觉。不过，又不得不承认，这本书史学价值极高，是无数文人学子的必读书。

在宋代，司马光无疑是明星，七岁那年砸缸，使他成为小童星，也成了人们茶余饭后的励志教材。年纪渐长、功成名就后，又反对王安石变法，写《资治通鉴》，成为妇孺皆知的历史人物。

司马光一生清廉，夫人张氏去世，他没钱安葬，"三年清知府，十万雪花银"，这俗语最先就出自宋朝，而司马光呢，好歹担任过要职，当过宰相啊，他没钱，谁信？

当时，他的养子司马康与亲戚主张借钱安葬，还说，无论如何要把丧事办得风光一点，司马光将司马康训了一顿。最后，还是把自己仅有的三顷薄田典当出去，才得以买棺葬妻。

司马光六十七岁去世时，除了屋子里有一张床，枕头边有一卷书，什么都没有，是真正地挥一挥衣袖，只带走两袖清风。

他死后，老百姓是真的很悲痛，自发来送葬哭丧的人，一下子从四面八方涌过来，来了几万人。这些人哭司马光，哭得情真意切，如同哭自己的家人。

此后，老百姓家里都挂着司马光的像。吃饭之前，祭祀一番，成了每天必做的功课。

苦到极处休言苦

徐渭，初字文清，后改字文长，浙江绍兴人，号青藤居士、青藤老人等，明代著名文学家、书画家。他差不多是古今文人当中，最为牢骚困苦的一个，有人将他的一生用数字作了一个总结：一生坎坷，二兄早亡，三次结婚，四处帮闲，五车学富，六亲皆散，七年冤狱，八次不第，九番自杀。

他自己写诗说：天下事苦无尽头，到苦处休言苦极。

徐渭被称为"中国式凡·高"，他内心有着强大的悲剧意识，又有着超强的抗打击能力。更难能可贵的是，他学会了自己找乐，"乐难顿段，得乐时零碎乐些"，人生好比做衣服，命运这个谁也看不见的裁缝师，赠予人的快乐，从来都是那样吝啬，都是些剪下来的零碎的边角余料，正因快乐太琐屑，所以要珍惜，该高兴时就赶紧高兴呗。

这就是苦命人徐渭的快乐哲学。

徐渭命硬，多次自杀不得，且情绪高亢，不能自控，常常"狂走无时休"，陶望龄在《徐文长传》说徐渭是个身材高大、皮肤很白的胖子，声音宏亮如同仙鹤鸣叫，他经常半夜凄凉地呼啸，引来群鹤哀哀共鸣。他是太压抑了。渐渐地，在人们眼里，他疯了。

这时候的徐渭四十五岁，几番折腾，早已命若游丝，他写了遗嘱，家人也为他备好了棺木。后来经一华姓医生治疗，病情有了好转。

没想到，第二年冬天，徐渭病发，与妻张氏为琐事争吵，一说用刀，一说是铲雪时用钉耙，将张氏杀死。

手无缚鸡之力的大才子，居然手刃枕边人，这成了绍兴城内的头号新闻。

杀人偿命，自古天理，杀人重犯徐渭被打入死牢。

在狱中，戴着木枷的徐渭，身上满布虮虱，与鼠争食，又饥又寒，不人不鬼，只等一死。

幸得好友诸大绶及张天复父子先后施以援手，坐了六年牢的徐渭终于得以保释出狱。

刚出牢狱，就逢除夕，徐渭已经无母无妻，无家可回，所以只得在朋友家里过除夕。

第二天大年初一，徐渭惦记着自己的恩人张天复父子，一大早就到张府去拜年，感谢救命之恩。

一方面是为生计所迫，一方面是杀妻之后被取消秀才资格，彻底断绝了科举梦想的徐渭开始大量作画。

可是这些画作价格极为低廉，五十六岁时，他费心临摹了一幅《千岩竞秀图》，报酬只有区区三百文铜钱，相当于现在人民币三百元左右。

他是个重义之人，他特别喜欢吃螃蟹，有人送来螃蟹，他就画一幅螃蟹图送给人家；有人送来一条鱼，甚至一捆青菜，他都要礼尚往来回赠字画。

但对于那些权贵，他不愿搭理，那些人找到门前，他也会手推柴门大呼："徐渭不在！徐渭不在！"

袁宏道在《徐文长传》中就说徐渭"眼空千古，独立一时，当时所谓达官贵人，骚士墨客，文长皆叱而奴之，耻不与交"。

晚年时，徐渭患上多种疾病，耳聋、手足麻痹、下身水肿，他再也挥不动画笔了，就不再接受任何人的接济，开始变卖家中的物品，他在《卖貂》《卖磬》《卖画》《卖书》这些诗文中记下了不得已变卖心爱之物的情景。

今天，徐渭的书画真品价格极高，在收藏市场已很难买到，二〇一一年北京的一场拍卖会上，徐渭的一幅书法作品《行书七言诗》以一千二百多万元成交。

徐渭曾画过不少墨葡萄，其中有一幅题句云：

半生落魄已成翁，独立书斋啸晚风。

笔底明珠无处卖，闲抛闲掷野藤中。

"明珠"是真的明珠，几百年之后还在熠熠闪光，就是最好的例证。

然而世道就是如此，满世界人的眼睛都把明珠当作弃物时，你又徒唤奈何？

对于翻云覆雨的命运，不向它屈服，就注定要接受它的鞭打了，注定了像陶器又像是宝剑，被煎熬被磨砺之后，才能煅烧出精品，然后在痛苦的废墟上开出一朵朵奇葩，似乎只有这样，才能不朽。

徐渭四十五岁时写《自为墓志铭》，对自己的死有过凄凉的设想。说自己"不善治生"，到油尽灯灭时，肯定没有什么值钱的陪葬品，只有几千卷书，几件乐器而已。

哪里想到，他还是过于乐观了，在七十三岁时，他真正离开人世之时，身边只有一条狗，床上除了一堆乱稻草，连一张完整裹身的草席也没有！

如果徐渭的一生仅仅是苦，那也没多大价值了，天下苦人多矣，没有最苦，只有更苦。

徐渭的不凡之处，还在于一个"奇"字。

徐渭的好友梅国桢评他：病奇于人，人奇于诗，诗奇于字，字奇于文，文奇于书。

公安派领袖人物袁宏道说："文长无之而不奇者也。无之而不奇，斯无之而不奇（同"畸"）也哉，悲夫！"

徐渭的性格之奇造就了他的艺术创作之奇，致使他成了世人眼中的"畸人"。

很少有一个艺术家像徐渭这样，让后来的大师们顶礼膜拜，陈洪绶、郑板桥、任伯年、吴昌硕、齐白石、潘天寿都受到过他的影响。

明末张岱说徐渭的画"离奇超脱，苍劲中姿媚跃出"，郑板桥对他非常敬服，曾刻一印，自称是"青藤门下牛马走"，齐白石在提到徐渭时也说"恨不生三百年前"，为他"磨墨理纸"。

徐渭自评"吾书第一，诗二，文三，画四"，但后人多有异议，后世评价最高的恰恰是他最看不上眼的画。

徐渭在绘画上的成就大大超过了同时代的人，他打破了花鸟画、山水画、人物画的题材界限，将大写意画法推到了能够抒发内心情感的至高境界，他在黑白为主的世界里淋漓尽致地倾泻着愤郁狂情，真正做到了"逸笔草草，不求形似"，开启了明清以来水墨写意法的新途径，后世尊他为"青藤画派"的始祖。

徐渭强烈反对"前后七子"的复古之风，说"鸟学人言，本性还是鸟"。他的诗文注重表现真我，为当时的文坛注入了一股新鲜血液。袁宏道与陶望龄共赏徐渭诗文，读到他的遗作，"灯影下读复叫，叫复读"，直至"童仆睡者皆惊起"，袁宏道狂喜惊呼，称徐渭之诗"夜半光芒惊鬼神""一扫近代芜秽之习"，为明代第一。

都说这个天才是畸形的，但是别忘了，所谓的畸形包裹着一颗最纯净的灵魂，就像那些外表丑陋、内里甘甜的果实。

其苦难与狂狷迸发的巨大能量，就像袁宏道所说，是"一段不可磨灭之气""如水鸣峡，如种出土，如寡妇之夜泣，羁人之寒起"，这苦难又如苦咸的海水，在才华之蚌上冲刷磨砺出闪光的珍珠，灿烂于人类文化恒远的星空，让人仰望怀想，久久不能释然。

你在坚守着什么

杨慎，明代文学家，字用修，号升庵，与解缙、徐渭并称明代三大才子。

他出生于四川新都一个官宦家庭，二十四岁时，参加会试，试卷被李东阳等人称为"海涵地负，大放厥词（由此可见，这个词最初毫无贬义）"，明武宗大喜，钦点其为状元，授进士及第，授翰林院修撰。

这事轰动了全国，更轰动了四川，要知道，杨慎是明朝四川出的第一个状元。

从杨慎祖父开始，杨家一门出了六个进士，一个状元。其父杨廷和官做得最大，曾很长时间担任首辅。

杨慎的才华是公认的，诗词写得好，不必说，而且高产，现在留传下来的诗歌就有两千多首，最主要的是他博学，是个大杂家，他对词、赋、散曲、杂剧、弹词均有涉猎，另有杂著一百多种，简而言之，他就是一部百科全书。

著名思想家李贽就认为杨慎对明朝的影响，不亚于司马相如之于汉代，李白之于唐代，苏轼之于宋代。近代陈寅恪先生也对杨慎评价很高，说他"才高学博，有明一代，罕有其匹"。

杨慎这人也非常有个性，史书记载他"禀性刚直，对上每事必直书"。

明武宗正德皇帝朱厚照是出了名的荒淫无道，在宫内寻欢作乐还不够，经常化了妆，带着太监到民间骚扰妇女，见到合意的，就占为己有。

杨慎上奏章指责朱厚照太轻浮，太不注意形象（"轻举妄动，非事而游"），你说你这当皇帝的理应为国事操心，哪有那么多闲工夫专门干这档子没品位的事，就算是民间的一混混，也不是整天琢磨着这事啊。

朱厚照哪会听杨慎的？照样在歌楼妓院里通宵畅饮，纸醉金迷。杨慎一气之下不干了，请了病假，回了四川老家。临走之前，他写了首《西江月》，词里有一句"紫塞朝朝烽火，青楼夜夜弦歌"，说的就是朱厚照。

朱厚照荒淫过度，身体严重透支，一次钓鱼时落水受寒，不久就病死了，年仅三十一岁。

这一年，杨慎三十三岁。

朱厚照一生亲近的女人无数，但是没有儿子，这样，堂弟朱厚熜捡了个大便宜，由他继位当上了皇帝，这一年朱厚熜十五岁，是为嘉靖帝。

朱厚熜做了皇帝，要给生父一个名分，其父封谥原是"兴献王"，他不顾满朝大臣反对，先是将生父的封谥改成"皇考兴献帝"（"皇考"，就是在位的皇帝对先皇的称呼），然后，又要将"皇考兴献帝"改为"恭穆皇帝"。其父一天皇帝也没当，这不是睁眼说瞎话吗？

这时，杨慎已是翰林学士。

在此之前，他从四川老家回京，被安排为经筵讲官，做过几天嘉靖帝的老师。不过，嘉靖帝对他并没有多少好感，因为他总是利用上课时间，劝讽自己施政不当。

这次，皇帝铁了心要给其父亲一个名分，杨慎等人铁了心反对，一场君臣对抗的惨烈大幕渐次拉开。

左顺门前，杨慎与京城一百二十九名官员齐齐跪下请愿，要皇帝收回成命。杨慎对官员们慷慨陈词："国家养士百五十年，仗节死义，正在今日！"

字字铿锵，掷地有声。是效忠皇帝，还是效忠国家，或者是说效忠一种根植于血液里的道统？

这对杨慎们来说，根本不是一个问题。

当然是后者。

他们从早晨七点跪到下午一点，足足跪了七个小时，如果不是皇帝派来锦衣卫，他们依旧会继续跪下去。

锦衣卫来抓人的时候，杨慎不为所惧，撼门大哭，不肯离去，其他官员在他的带动下一起大哭，声震内廷。

嘉靖帝恼羞成怒，命锦衣卫将所有请愿者打入大牢。两天后，他下旨廷杖杨慎等一百六十多个大臣。

这是何等壮观的场面，又是何等有辱斯文的场面，一百多位大臣被按在大殿上打屁股！

还不解恨，又过了十天，嘉靖帝下令第二次廷杖杨慎等七人。

在这次大礼之争中，一百八十多人丢了官帽，十八人生生被打死，杨慎在内的八人被流放到云南永昌，永不赦回。

现代人看待这次"大礼议"事件，对杨慎的这种行为不以为然，认为他迂腐的人大有人在。

的确，还不需要杨慎去迎合皇帝，只要他保持沉默，以他的才华与名气，官运一定亨通，像父亲杨廷和那样做个首辅，是水到渠成的事。

事实上，有两个无名小辈，刚开始还只是挂职锻炼的基层干部，他们瞅准机会，力挺皇帝，其中一人骤升为二品大臣，又过三年，竟荣膺首辅之职，另一人也升为内阁辅臣。

我在想，杨慎未必想青史留名，只是，杨慎有杨慎的原则，文人的迂腐、固执，在世俗眼光里，是十分可笑的，他们坚守着什么？又是什么值得他们付出那么惨重的代价去坚守？又是什么比荣华富贵更值得去追求？

那些诗情和画意

读古典文学，常常为那些微小的诗意与美丽的爱情感慨万千。

始终相信李商隐的《夜雨寄北》是写给妻子王氏的情诗。

"君问归期未有期，巴山夜雨涨秋池。何当共剪西窗烛，却话巴山夜雨时。"

这思恋这牵挂，也像绵绵秋雨，不一会儿就涨满了秋池。归心似箭，却将盈盈爱恋当作水中的葫芦一样按下去，为的是积聚更大的张力和冲劲。

晚唐诗人韦庄五十九岁才考中进士，终于可以理直气壮向爱人求婚了：才闻及第心先喜，试说求婚泪便流。这是怎样的欣喜啊，不为做高官发大财，只为有底气娶到梦中伊人，刚向她开口，她的眼泪就刷刷刷下来了！

宋朝"最花心"的词人张先，写起爱情词来相当动人。美人儿打帘前走过，满面含笑问张先："我的大帅哥，是我的容貌胜过花，还是花的容貌胜过我？"张先偏要逗她："嗯，那花还是比你好看一点！"不想她伶牙俐齿来了一句："花儿如果真强过我？那你说说，它能和你斗嘴取乐吗？"

被称为"绝代散文家"的明朝张岱，人奇，才奇，文奇。吃绍兴破塘之笋，那笋白如雪，嫩如藕，甜如蔗，张岱竟然吃出"惭愧"之心；张岱写在天镜园读书，窗外是高大的槐树与成片的竹林，打开窗子，连书上的字都沾染了青碧之色；七月十五，张岱与友人游湖赏月，将船划到荷叶深处，酣睡于荷花之中，做一个惬意的清梦。

清代诗人张船山其貌不扬，但有个好老婆死心塌地爱他，她写诗说"爱君笔底有烟霞，自拔金钗付酒家"。爱一个男人是爱他骨子里的才华，就算是落魄到无钱付酒资的地步，她也爱，不光是爱，还拔了金钗为他付账，男人笔底的才气远胜过自己头上的珠光宝气。

前朝旧世那个深夜，龚鼎孳与顾眉乘小船游西湖，月明星稀，温暖静寂，两人剥嫩菱，煮鸡头米，推杯换盏，慢吃慢饮，喝到天亮。"惟四山苍翠，时时滴入杯底，千百年西湖，今夕始独为吾有"，赏了那么多次西湖，只有这个晚上和最爱的人相伴，才算真正拥有了西湖的旖旎。

读诗词，读文史，读人物，有时真像坐一只船，在青山碧水中徜徉，享受山水的盛宴，忍不住要与读者分享，所以，忍不住，把这些美丽的细节写出来。

提高现代文阅读和写作成绩的金钥匙

陈雄作品
阅读试题详析详解

苏轼的天真

　　天真，是一种天生的精神状态。每个人在孩童时代都曾拥有过天真的品质，然而在生存竞争中，天真日渐被圆滑、世故甚至狡诈挤走了，所以，对于成年人来说，保住天真，比保住金钱、地位、青春更难得。

　　古往今来，赤子童心、天性浪漫，在生命中永葆一份天真品质的文人不多，苏轼是其中一位。

　　苏轼的天真具有孩童的顽皮可爱。他初贬黄州时，与朋友出去游玩，有一项重要的娱乐活动，就是"挟弹击江水"。这种游戏，不知是拿弹弓将石子打到江水里，看谁打得远，还是类似于我们儿时玩的"打水漂"，拿一块小瓦片或者石头，贴着水面上一跳一跳地漂过去，激起一串串浪花。

不管是哪一种，作为一个年近五十、华发早生的中年人，在仕途倍受挫折的境遇下能玩这种充满童趣的游戏，的确天真得可爱。

比这更可爱的是，他居然会用竹箱去装白云。

看得到、摸不着的白云也是可以用箱子去装的吗？今人听起来，感觉像是天方夜谭吧。

苏轼这样交代创作《攘云篇》这首诗的缘由：他从城中回来的路上，看到白云从山中涌出，像奔腾的群马，直入他的车中，在他的手肘和腿胯之处到处乱窜，于是他将白云装了满满一竹箱，带回家，再将白云放出来，看它们变化腾挪而去。所以他的诗中有这样的句子："搏取置筃中，提携反茅舍。开缄乃放之，掣去仍变化。"

这些白云就像飞禽走兽一样，被他赏玩一番，又放回山去了。

天真总是和无邪相连，所以苏轼不相信世界上有坏人，只有是否值得交往之人。他曾对弟弟苏辙说："吾上可陪玉皇大帝，下可以陪卑田院乞儿。眼前见天下无一个不好人。"对于陷害过他的政敌，他不记恨，更不会打击报复。

天真更是一种探索精神，对未知世界的好奇心，是永葆天真的源头。

苏轼相信鬼神，《东坡事类》载"坡翁喜客谈，其不能者强之说鬼，或辞无有，则曰，姑妄言之。闻者绝倒"。他喜欢和人谈鬼，别人讲不出鬼故事，他还强迫别人讲，即使胡编也没关系，反正他爱听。

看来，苏轼关注生活的热情，不囿于儒家正统思想的局限性，"子不语怪力乱神"，孔子从来不谈论有关怪异、强力、叛乱、鬼神的事。而他不仅对人之"生"感兴趣，而且对人之"死"也感兴趣，与其说他无聊，毋宁说是一种对未知现象的可贵探索，是以可贵的好奇心拒绝生命的衰老。他为什么喜欢谈鬼呢？大概是想象着人死后，并非一了百了，而是能变成鬼，继续演绎人间的喜怒哀乐吧？从某种意义上说，这也算得上一种天真。

1．这是一篇议论性散文，作者以"苏轼的天真"为例，阐明了一种什么观点？

_____

_____。

2．文中的"苏轼的天真"体现在哪些方面？

_____

_____。

3．天真快乐使苏轼能够坦然面对现实，投入到当下的生活，即使身处困境也能看到美好的事物，做到"此心安处是吾乡"。你能用他的两句诗来验证他的这种生活理念吗（课内外不限）？

_____

_____。

4．苏轼这个人心无城府，不随波逐流，也因此屡屡获罪被贬，于是有人说他"情商不高"。联系本文观点，你如何评价苏轼呢？

_____

_____。

参考答案：
1．对成年人来说，保住天真，比保住金钱、地位、青春更难得。

2．四个方面：孩童的玩乐，奇特的想象，心无邪念，探索好奇。

3．示例1：日啖荔枝三百颗，不辞长作岭南人。

示例2：他年谁与舆地志，海南万里真吾乡。

示例3：九死南荒吾不恨，兹游奇绝冠平生。

4．示例：从官场角度而言，苏轼的确是情商不高；但从做人的角度而言，苏轼有一般人难得的天真。他志不在富贵，人生就是要率真放达。他心无城府，不随波逐流，是天真的性格所致，但也正是这天真才让他愉快地挺过贬谪生活，最后活得比其他郁郁不得志的文人都潇洒愉快。

乡村的读书时光

看到今天的中小学生被如山的作业压得喘不过气，还要在双休日疲于奔命地穿梭于花样繁多的补习班，小小年纪就戴上了瓶底厚的近视镜，我不由无限怀念起乡村的读书时光。

我就读的村小叫红庙小学。

那时，小学只有两排红砖砌成的简陋房子，当然不会有围墙。学校操场旁边即是一处叫"金角湾"的大池塘，我在那里钓起过一只一斤多重的甲鱼，怕它咬手，眼睁睁看它逃走。

午休下课后，我们从教室里蜂拥而出，到"金角湾"洗脸。一棵如同大人腰粗的褐皮老柳树，弯弯扭扭地在清澈的水面上，横卧成一处天然的跳板。那是我们的必争之地，洗脸的时候，免不了在上面推推搡搡、嬉笑打闹，但印象里，好像从来没有同学失足落水过。

最喜欢校园初夏的时光。

学校周围种了很多柳树，柳絮如小鸭的白绒毛在操场上空乱舞，一直飞进教室飘到课本上。趁老师转身到黑板上写字的时候，我将书页一合，就夹住了一片。听大人说，柳絮可以止血。有一次，我的手被削铅笔的小刀划伤，血流不止，我将课堂上积攒的一团柳絮敷上，伤口马上神奇地血止痛消。

午睡的时候，我从家中带来一条麻袋，铺到课桌下面睡觉。然而总是睡不着，老师已经伏在讲桌上熟睡，我们几个小鬼，蹑手蹑脚从教室的后门钻出，向学校后面木工师傅朱大爷家奔去。

我们惦记着朱大爷屋后的桑葚呢！

朱大爷家的桑葚树是全村最大的桑葚树，每年结的桑葚又多又大。趁朱大爷不在家，我们攀上桑树，飞快地摘着那些又大又黑的桑葚，用玻璃瓶子装了，再飞奔回教室。抱着胜利果实，卧在粗糙的麻袋上，麻袋紧贴地面，凉凉的，小小的心狂跳，甜蜜无比。桑葚颗颗饱满，呈紫黑色，一碰就流出汁水，丢入口中，又酸又甜，口舌生津，只不过在吃完后，双手和双唇也会染上紫黑色。

有一次，我吃完桑葚忘记了到"金角湾"洗脸和洗手，竟将老师吓了一跳。

那是我喜欢的语文老师李老师。

上课时他见我双唇乌青，以为我病得厉害，连忙走下讲台关切地用手摸我的额头，以为我发烧或者生了疟疾。几个同伙在后面窃笑，李老师看我手指乌黑，立即明白了怎么回事。

自然，我们受了一番轻描淡写的训斥，因为没有好好午睡。

至于摘桑葚这件事，李老师没有追究，在乡野之地，小孩子摘别人屋后的几颗桃子或者田里的一根黄瓜，根本不能算"偷"。这个刺眼的字，老师绝不会轻易地安在我们头上。

总之，那时候，我们对老师谈不上怕，但也不敢怠慢。

老师教完了课还要回家忙农活，似乎和我们务农的父母没什么两样。

很多时候，在野外，我就和李老师各牵着一头牛相遇，李老师不觉得在学生面前放牛丢了脸面，也从不问我家庭作业做了吗之类的问题，只是亲切地微笑着，倒是我有些局促，脸上有些发烧，低头喊一声"李老师"，我的牛和他的牛擦身而过。

不怕老师，更不怕考试。

那时候学校并不依据考试排名，分快班、慢班。学校经常要我们将桌子搬到教室外考试。只要不下雨，考场都设在一大片杉树林里。在林子里考试，可以算得上一种享受。林子里清幽宜人，鸟雀在树上跳来跃去、嘤鸣流转，冷不丁，"啪"的一声，洁白的试卷，就被它们盖了一个戳——撒下一泡鸟粪，还带着热热的体温。鸟儿的自在顽皮，颇像那时的我们。

现在想来，那一段乡村的读书时光，本是一种天然的乡村教育，里面有很多东西早已渗进我的血液，至于具体是什么，健康清新的自然情怀，乐天知命的智慧洒脱，还是一种无形的道德浸染？所谓大音希声、大象无形、大道无名，我一下子也难以说清，反正，早年的乡村教育对我一生影响深远。

1. 整体感知：这篇叙事散文回忆了作者在乡村读小学的学习生活片段，请在括号内补全叙事内容。

在"金角湾"垂钓——课后到"金角湾"洗脸——

（　　）——（　　）

——放学后放牛常遇李老师——（　　　　）。

2．语言品析：阅读下面文字，按括号内要求作答。

（1）柳絮如小鸭的白绒毛在操场上空乱舞，一直飞进教室飘到课本上。（从修辞手法的角度赏析）

_____

_____。

（2）林子里清幽宜人，鸟雀在树上跳来跳去、嘤鸣流转，冷不丁，"啪"的一声，洁白的试卷，就被它们盖了一个戳——撒下一泡鸟粪，还带着热热的体温。鸟儿的自在顽皮，颇像那时的我们。（从描写的角度赏析）

_____

_____。

3．写法探究：文章最后一段运用了什么表达方式？有什么作用？

_____

_____。

4．内容探究：下面是对文本内容的解读，有误的一项是

（　　）

A、本文以成年人的视角回忆作者小时候的读书生活，蕴含着对现实中小学学业负担过重的担忧之情。

B、作者小时候也不乏顽皮机灵，如午睡时跑出去偷摘人家的桑葚吃。作者回想这种"偷"的行为时感到内疚。

C、文中的李老师是一个充满爱心的好老师，如"上课时他

见我双唇乌青，以为我病得厉害，连忙走下讲台用手摸我的额"，"连忙"一词体现了老师对"我"的关切。

D、文中虽没有直接写李老师如何教"我"写作文，但从"我"的作文获奖信息可以看出李老师对"我"走上文学之路还是有一定影响的。

参考答案：

1．依次填写内容为：课堂上收集飘飞的柳絮、午睡时偷跑出去摘桑葚、在树林里考试。

2．（1）运用比喻的修辞手法，把飘飞的柳絮比作小鸭的白绒毛，生动形象地写出了初夏时节的课堂充满了诗情画意。

（2）以鸟儿的顽皮类比当时读书的"我们"，形象生动，凸显了文章呼唤自由与快乐的主旨。

3．议论的表达方式。在结构上照应了文章标题，也呼应了文章开头；在内容上揭示了儿时的乡村教育对作者的深远影响；在情感上表达作者对天然本真教育的呼唤与赞美之情。

4．B。文中写到"在乡野之地，小孩子摘别人屋后的几颗桃子或者田里的一根黄瓜，根本不算'偷'"，因此，作者回忆这种摘桑葚事情时不能说充满内疚。

婆婆纳

到乡下去钓鱼，走在野花野草丛生的田埂上，恨不得把自己变成植物学家。想象着每一种花草都可能是有名字的，自己却有好多不认识，就有些丧气。

有一种野草，在春夏之交的野外，我常常与它相遇。它们枝叶肆意伸展，铺张成一大片深绿，开出的淡蓝色的小花，却很低调，很不起眼，花瓣娇弱如蝶翼，只要稍稍一碰，就飞扬如尘。花瓣完全绽放，也只有一粒豌豆大小，花蕊中两只雄蕊相向而望，如脉脉含情、向往牵手一舞的情侣。

这花在河边田埂上星星点点，静静开放，恬淡温柔，很有点与世无争的味道，不像一些艳丽的花，盛放时有多热烈，凋零时便有多疲惫。

一直很想知道这种小花的名字。有一次上网，看见有人拍了它的照片，照片下注明"婆婆纳"，忽然得到一种夙愿已偿的欢喜。

于是搜索它的资料，这种花的英文名是 veronica，而在我国民间，它还有好多名字。

有的地方叫它"破布纳头"，很乡土的名字，带着贫穷时代的印记，让人想起煤油灯下，飞针走线的慈母，用破布缀成零零碎碎的补丁；有的地方叫它"卵子草""双肾草"，俗是俗了点，但也一目了然，以实用主义的眼光去打量它，自然会用名字诠释它的药用功能，婆婆纳可以治疝气腰痛，据说还可以止血消炎；还有人则高雅地称之为"二月兰""星星草"，并说它的花语是"除厄"，凡是受到这种花祝福而生的人，将会受到幸运女神的保护。

但我还是最喜欢"婆婆纳"这个名字。

这是一个有人情味的名字，把一朵花复活成一位活色生香的女子，只需要三个字。

中国人的家庭关系之中，婆媳关系可以说是最麻辣最复杂的关系了，家家有本难念的经，最难念的就是"婆媳经"，媳妇手上拿面锣，到处说婆婆；婆婆身上背个鼓，到处说媳妇。婆婆与媳妇，似乎有着难以逾越的鸿沟。

而婆婆纳这种花，竟像一位低调谦卑、贤淑美丽的女子，不知用了什么魔法，使得挑剔的婆婆都能舒畅地接纳。这是怎样的一位媳妇，比《孔雀东南飞》里的刘兰芝还要好吧？

我想象着，这样一个媳妇，首先是在服装上低调的，永远只有那件蓝印花布，蓝白相间，正如花的两色。在乡间的小路上，在粉墙黛瓦的青石小弄里，她曲线柔美的身姿微微摇曳。尽情招摇性感，不属于她们那个时代。

其次，她是在态度上收敛的，心里边再黏丈夫，也不在婆婆面前和他过分亲热，不在婆婆面前使唤他。女人何苦为难女人？像刘兰芝遇上的那位鸡蛋里挑骨头的婆婆，毕竟不多。

至于她的丈夫，或是一位书生，在书房刻苦攻读，抑或已经在赶考的道路上风尘仆仆。或是衙门里一个小小的公务员，像刘兰芝的那位焦仲卿也不错，不希望他是《琵琶行》里那位"浮梁买茶去"的商人，但不管他是谁，好男儿志在四方，很多时候，她都是风雨中飘摇的那朵蓝色小花，在空房中独守寂寞，纤柔的蓝色既象征温馨又代表苦涩……

婆婆纳，本是一个有故事的名字，偏偏没有故事，这样也好，留下一大片空白，让人遐想。

1. 请概括一下婆婆纳这种野花的特点。

_____

_____。

2．文章第三自然段既写了婆婆纳，还写了其他一些艳丽的花，为什么要写其他艳丽的花？

_____

_____ 。

3．文中说"但我还是最喜欢'婆婆纳'这个名字"，"我"为什么最喜欢"婆婆纳"这个名字？

_____

_____ 。

4．文章结尾"留下一大片空白，让人遐想"，你觉得这样结尾有何妙处？

_____

_____ 。

参考答案：

1．生命力旺盛、低调谦卑、恬淡温柔、与世无争。

2．形成鲜明的对比，以其他花的热烈易凋反衬和突出婆婆纳的恬淡温柔、与世无争，表达作者对婆婆纳的喜爱之情。

3．这个名字很有人情味，让人联想到能被婆婆接纳的美好女子，表达了作者对低调、谦卑、贤淑的人性的肯定和赞美。

4．（1）这样结尾让人更加感受到婆婆纳这种花的美好，以及它所代表的低调、谦卑、贤淑的人性的美好。

（2）这样结尾言已尽而意无穷，引人遐想，令人回味。

恨夫不为楚霸王

　　青州十年，是宋代女词人李清照与丈夫赵明诚最幸福的十年。

　　夫妻俩志趣相投，每得到一本古籍，就一起校对，题上书名。得到书画古玩，常常一起观摩把玩，指摘毛病，以烧完一根蜡烛为限。

　　有一次，有人向夫妻俩兜售南唐画家徐熙的《牡丹图》，要价二十万，他们无力购买，将画留在家中欣赏了两个晚上，才归还给卖主。为此，两人在家中相对叹惋了数日。

　　但过后发生的一件事，使李清照对赵明诚非常失望与愤怒。

　　公元一一二九年，已经做了一年多江宁知府的赵明诚，得到调任湖州知府的命令，正在他办理交接手续的时候，一位姓李的下属带来紧急情报：御营统制官王亦准备阴谋叛乱。

　　作为过渡时期的官员，赵明诚这时候至少应该报告上级，或者调遣兵力做好平乱的准备，但是他的表现非常不男人，在当天晚上，他竟然当了可耻的逃兵——与另两位官员一道"缒城逃走"了，竟置全城百姓安危于不顾，这当中，当然也包括李清照。

　　幸亏那位姓李的下属自己组织力量，平定了王亦的叛乱，不然，李清照，还有他们夫妻俩辛苦收藏的十几车文物，恐怕都会成为王亦的战利品。

　　朝廷得知此事后，立刻罢了赵明诚的官。

　　赵明诚跑路时，为什么不带上李清照呢？难道李清照在他心中不再重要了吗？他早已厌倦她了吗？不是，他根本不敢拉她"下水"。做了这么多年的夫妻，他还不了解她的个性吗？她是何等刚直的女人，如果要她和自己偷偷开溜，那鄙夷的目光当如利剑刺穿他的灵魂。

　　毋庸置疑，赵明诚的自私与贪生怕死，让李清照寒心、痛心、羞愧之至，她与不无狼狈的赵明诚途经芜湖、当涂，前往江西。船行到乌江镇时，忽然想起这正是当年项羽兵败自刎之处，不由百感交集。她自然而然将项羽与赵明诚作了比较，生平第一次觉得饱读诗书的赵明诚是那般渺小，而一介武夫的项羽是那样高大，面对奔流不歇的长江水，她心潮起伏，写下了这首千古绝句：

　　　　生当作人杰，死亦为鬼雄。至今思项羽，不肯过江东。

　　不久，赵明诚就接到了让他复官的圣旨，但他一点也高兴不起来，还有什么比妻子的藐视更让人羞愧呢！在他与李清照之间，产生了一道深深的裂痕，这道裂痕不仅仅与爱情有关，所以很难修复。

　　这时候，赵高宗从杭州逃到建康，命令赵明诚立即上殿朝见，赵明诚临时将李清照安顿在贵池，单身前往。分别之际，赵明诚"葛衣岸巾，精神如虎，目光烂烂射人"，李清照感觉不妙，大声喊道："假如城里局势危急，怎么办呀？"赵明诚伸出手指回答道："跟随众人吧！先丢掉行李衣物，再丢掉书册古董，只有那宝贵的三代古鼎，一定要带在身上，与之共存亡！不要忘记啊！"

　　赵明诚显然是一个"严于律人，宽以待己"的人，现在他让李清照誓与宗器共存亡，显然已经忘了，先前自己"缒城逃走"时，可是什么都没有带的啊！

这些，李清照根本不会计较，她唯有含泪应允。

赵明诚由于过于劳累，加上天热，到达建康之后，患了重病，等李清照日夜兼程火急火燎赶到时，他已病入膏肓，几天之后就病逝了。这一年他四十九岁，她四十六岁。

1. 请结合文章内容概括一下李清照是一个怎样的人。

_____

_____。

2. 作者为什么在开头三个自然段写李清照和赵明诚志趣相投的往事？

_____

_____。

3. 文中引用李清照的诗有何作用？

_____

_____。

4. 请品析文题，"恨夫不为楚霸王"中的"恨"的含义。

_____

_____。

参考答案：

1. 刚正不阿、志向高洁、志趣高雅。

2. 与后文李赵二人的情感出现裂痕形成鲜明对比，更能突出李清的志向和品性，同时更能激发读者对李清照身为女子不输丈夫的豪侠之气的敬佩之情和对李清照命运的叹惋之情。

3. （1）这首诗表现了李清照高洁的志向与刚直不阿的品性，表现了李清照的浩然正气；

（2）这首诗使得本文所叙的故事有据可依，显得更加真实。

4.“恨”表达了李清照对丈夫赵明诚在非常时期当可耻逃兵的失望与愤怒、痛心与羞愧，体现了李清照的凛然风骨和浩然正气。

“狠人”范仲淹

范仲淹，字希文，谥号“文正”，是个励志的大典型，两岁死了父亲，四岁随母亲改嫁寄养山东，读书极为刻苦，“划粥而食”不说，大冷天还用冷水浇脸醒神。

从这一点来说，范仲淹对自己有点狠。

还得从范仲淹读书的事说起。

范仲淹同学跟着改嫁的母亲到了山东淄州长山县（今邹平县）朱家，朱家为他改了名字叫朱说。朱家很有钱，平心而论，朱家没有虐待他，范仲淹之所以把自己搞这么苦，完全是为了励志，他在一座山上的破庙里读书，每天早晨、晚上，读书的声音特别大，山里的和尚都认识他。他每天只煮一盆粥，粥凉之后划为四块，早晚各取两块，拌一点姜蒜，拌一点腌韭菜，就开始吃，吃完之后继续读书。

后来，范仲淹到应天府（今河南商丘）读书，继续保持这一习惯，有个“官二代”看他生活清苦，出于好意，就送了些美食给他。他却任美食发霉，一口不尝，“官二代”埋怨他，他说：“划粥割斋的生活我过惯了，我怕吃了你的美食，往后就咽不下粥和咸菜了！”

不是他不好这一口，而是真的有大志向。这志向就是“先天下之忧而忧，后天下之乐而乐"，有人说他装，其实，他还真不是在装，这里举几个他赤膊上阵，与当权者对着干的事例。

宋仁宗二十岁的时候，基本上是个傀儡皇帝，掌朝的是太后刘娥，满朝文武包括皇帝，都得看她的脸色。宋仁宗为了拍刘娥的马屁，打算率领百官给刘娥贺寿。

没人敢说一个"不"字，范仲淹站出来了。他强烈反对，写了一个奏章，干脆要求太后撤帘还政。还说，太后过生日，皇帝一个人去，倒还说得过去，带领百官跪拜，岂不是坏了体统？皇帝代表国家啊。

不用说，太后很生气，要下旨处分范仲淹，宋仁宗还算精明，提前贬他到河中府任通判。

后来，太后刘娥去世，宋仁宗亲政。有一年七月，旱灾、蝗灾在全国蔓延，淮南、京东一带特别严重，范仲淹请求仁宗派人去赈灾，仁宗爱理不理，范仲淹说话就不客气了，他质问皇帝："如果宫中的人半天没饭吃，会怎样？那么多老百姓饿了多少天肚子了，您将心比心想一想吧！"

宋仁宗只好派范仲淹到灾区去安抚赈灾，范仲淹每到一处就开仓放粮，减免赋税，安顿百姓。等灾情缓解之后，他又从灾区带来一些野草，拿到宫中给皇帝和六宫贵戚看，说："看看吧，灾民们就吃这个，多苦啊！"

庆历年间，官僚机构庞大，行政效率低，范仲淹帮助仁宗皇帝改革，史称"庆历新政"。"新政"的重头戏是干部制度改革，他大刀阔斧整顿吏治，不讲亲疏、不避权贵，削弱"门荫"集团，同时派亲信明察暗访各级官员，对于有才能的官员加以提拔，对于贪腐官员就大笔一挥，把名字划掉了，有人戏称他的一支笔比阎罗判官手中的笔还狠。

富弼劝他："你这大笔一勾，可知道他全家都要哭！"

范仲淹回答："一家人哭总比一个地区的人哭要好！"

范仲淹这么做似乎是狠了点，但他下的是猛药，立马见效。

范仲淹六十四岁时，死在奔赴安徽阜阳任职的路上。他的死轰动海内，连远在西北的少数民族族人，也哭之如父，斋戒三日而去。凡是他做过官的地方，老百姓纷纷为他建祠画像。

范仲淹死时，家财散尽，一家人贫困交加，暂借官屋居住。

范仲淹的"先天下之忧而忧"真不是说着玩的。

1. 结合文章，对标题"狠人范仲淹"中的"狠"做出解释。

_____

_____。

2. 文章有哪几件事情来写了范仲淹的狠？

_____

_____。

3. 本文标题为"'狠人'范仲淹"，却多次提到范仲淹的名句"先天下之忧而忧"，是否偏离了主题？

_____

_____。

4. 本文中的范仲淹是一个什么样的人？

_____

_____。

5. 这篇文章对你有什么启发？

_____

_____。

参考答案：

1. 厉害、无畏、严厉。

2. 划粥割齑苦读书；据理反对宋仁宗带领百官给太后拜寿遭贬；质问宋仁宗要求并实施赈灾；整顿整治对贪官毫不留情。

3. "先天下之忧而忧"是范仲淹的志向，他的"狠"是这个志向的具体体现，文中范仲淹的狠都是围绕着"先天下之忧而忧"展开的，所以这句话还是本文的行文线索。

4. 志向高远，为实现抱负能吃苦而且毫不惧怕，忧国忧民的人。

5. 开放试题，言之成理即可。

苏轼识人

苏轼的贤内助王弗极会"幕后识人"，苏东坡和客人谈话之时，王弗立于幕后，往往听得数言，就能断定客人是否值得交往，是哪类人，准确率相当高，可谓是闻言识人的典范。

比起夫人来，为人旷达的苏轼待人接物显然粗疏得多，但是他也擅长识人。今人说"细节决定成败"，并不是什么新鲜的东西，譬如苏轼，他就很会由细节看一个人的品质。

这里姑举几例。

谢景温博学多闻，与范仲淹、欧阳修关系融洽。苏轼和他的关系刚开始也不错。一件看似非常平常的小事，改变了苏轼对谢景温的看法。有一次，两人在郊外行走，一只受伤的小鸟从树上掉下来，谢景温抬腿一脚，就把这只小鸟踢到一旁。

这里有必要插一句。小时候，苏轼的母亲程氏就教育孩子们尊重动物生命，曾规定儿童婢仆都不得捕杀鸟雀，所以苏家的生态环境相当不错。少年苏轼书房前的树枝上，小鸟都在低处做窝，连里面开口待哺的雏鸟都看得一清二楚。

在母亲的言传身教下，苏轼从小爱鸟，面对谢景温这个看似漫不经心的动作，苏轼不由心凉半截：此人轻贱生命，一定是损人利己之徒，不可深交。

谢景温的妹妹是王安石的弟媳，因为有这层关系，他深得王安石的重用，王安石建议皇上破格提拔他担任侍御史知杂事。当时正值苏轼反对王安石的新法，王安石对苏轼极为不满。谢景温为"报恩"讨好王安石，便与王安石合谋加害苏轼，诬陷苏轼在父丧归蜀之时，利用公家船只兵卒运售私盐，企图将苏轼治罪。

盐是人民生活必需品，地位特殊，需求庞大，所以朝廷对盐贩处罚十分严厉，宋仁宗时颁布的最新盐法，规定贩运私盐达二十斤要判刑一年，达二百斤就要流放异地。

谢景温的这一招十分险恶，一旦罪名成立，苏轼就会丢官罢职，前途毁于一旦。但这件案子上报到皇上那里，最终因查无实据，不了了之。

还有一位叫章惇的，早年和苏轼过从甚密，无话不谈。宋人笔记《高斋漫录》中记载了两人相交的一则轶事，很能说明苏轼由细节看透章惇的智慧。

苏轼任凤翔府节度判官，章惇任商州令的时候，两人在山中游玩，游到仙游潭的时候，碰到一处特殊地形。前面是悬崖峭壁，只有一根独木桥相通，独木桥下深渊万丈，章惇提出让苏轼过桥，在绝壁上留下墨迹，苏轼不敢。章惇神色平静地轻松走过，用绳子系在树上，以玩杂技般的高难度手法在陡峭的石壁上写了"苏轼、章某来此"几个字，苏轼不由抚着他的背长叹："能自拼命者能杀人也！"章惇大笑。苏轼认为，人如果不珍惜自己的生命，他也不会珍惜别人的生命。

宋朝陈鹄的《耆旧续闻》还记述了苏轼与章惇交往的另一个细节，说有一次两人在山上喝点酒，有人报告说发现了老虎，两人借着酒劲骑马前去观看。可离虎还有几十步远的距离的时候，"马惊不敢前"，苏轼打起了退堂鼓，说："马都害怕了，我们去凑什么热闹啊！"章惇却鞭马向前，拿了一面铜锣在石上撞响，老虎受惊逃窜。回来后章惇得意扬扬地对苏轼说："你不如我！"他向苏轼炫耀自己的胆大和所谓的"智慧"，殊不知苏轼并不欣赏他这种冒险的狠劲。

就是这位章惇，后来大权在握，整起政敌来毫不手软。司马光在生前与章惇政见相悖，常生间隙，章惇认为司马光是奸邪之人。等司马光死后，章惇对司马光的恨意未消，竟提出掘开司马光的坟墓，打碎他的棺材，暴骨鞭尸。但是皇帝不许，章惇还不解气，他不停上奏，要皇帝追贬已死的司马光为清远军节度副使，不久，又贬"死司马光"为崖州司户参军。章惇与苏轼政见不合，对苏轼也大下辣手，把苏轼贬到偏远的惠州。苏轼在惠州以苦为乐，写诗曰："为报诗人春睡足，道人轻打五更钟。"诗传到京城，章惇睡不着觉了：将你贬得这么远，你还能睡得这么香！他嫌苏轼在逆境中也能这么逍遥，就再贬他到更偏远的儋州（今属海南）。在宋朝，放逐海南岛是仅比满门抄斩罪减一等的事，由此可见章惇之狠。《宋史》将章惇列入《奸臣传》，可见其为人所不齿。

这是两个反面的例子，当然，苏轼也有识得好人的一面。比如公元一〇八五年苏轼在登州做官的时候，有一个姓袁的主簿每次来报告事情都特别啰唆，苏轼感到十分厌烦。

有一次，袁主簿又来长篇大论地禀报公务，苏轼嫌烦，就敷衍他道："晚上来吧。"到了晚上，袁主簿真的单独来了，苏轼勉强出来见他。苏轼正看杜甫的诗，想刁难一下他，就故意问道："'江湖多白鸟，天地有青蝇'，这'白鸟'指什么？是指鸥鹭一类的鸟儿吗？"袁主簿马上答道："白鸟，并非指鸥鹭，而是指蚊蚋之类的虫儿。以此暗喻不理民情、饱吸人血的赃官，如今世界，君子太少小人太多啊！"

苏轼本来是想用"白鸟"来嘲讽袁主簿说话像蚊蚋那样嗡嗡不止，扰人视听，哪知袁主簿不但很有学问而且心地正直，话中有话指责他"不理民情"，心胸开阔的苏轼并没有嫌恶他，反而一改先前的冷淡态度，对他另眼相看，特别厚待他。

从这则"以诗识人"的小事，也看出苏轼知错就改的品性。苏轼这一生交游甚广，据有心人统计，可以查证的交往对象达一千三百多人，与人打交道，可能是这个世界上最累、最复杂的事，苏轼以细节识人，不失为一条捷径。其识人的准确程度之高，让人佩服，这是和他自身的言正身端分不开的。

1. 第一段文字在文章中有什么作用？

_____

_____。

2. 苏轼的识人与王弗的识人有什么不同？

_____

_____。

3. 文章对于苏轼识人举了谢景温和章惇两例子。请说说苏

轼是怎么识别这两个人的，这两个人有什么特点？后来又是怎样
对待苏轼的？

_____

_____。

4．一个人一定会有朋友，青少年交友需谨慎，请你简单谈
谈交友的问题。

_____

_____。

参考答案：

1．引出下文。

2．王弗：闻言识人；苏轼：细节识人。

3．谢景温：将受伤的小鸟踢到一边；轻贱生命，损人利己；诬蔑
陷害苏轼。

章惇：涉险到峭壁上题字；不珍惜自己的生命，也不会珍惜别人
的生命；将苏轼视为政敌，大下辣手进行打击。

4．开放试题，言之成理即可。

"励志"模范司马光

司马光这一生孜孜不倦在做两件事，一是反对王安石变法，
二是写《资治通鉴》。

王安石和司马光在政见上水火不容，一个执意要变法，一个
铁了心反对变法，两人偏偏都是出了名的倔人。王安石公然宣称

"天变不足畏，祖宗不足法，人言不足恤"。司马光呢，多次给王安石写信，劝他不可"用心太过，自信太厚"，后来宋神宗希望司马光出任枢密副使，司马光一连上了六道奏折表态坚决：新法一日不废，我一日不就任。

不过，司马光与王安石的斗争是君子之争，两个人在政见上互相痛恨，在人品与才华上互相钦慕。

王安石对司马光的评价是：司马君实，君子人也！

有人怂恿司马光弹劾王安石，司马光反驳道："他不为任何私利，为什么要弹劾他？"

司马光常说的一句话是：介甫（王安石的字）没有别的毛病，就是脾气太犟了！

王安石与司马光在同一年去世，在王安石去世时，司马光仍抱病给当权者写信，说王安石过人之处甚多，现在他死了，那些如墙头草的小人肯定会百般诋毁他，所以朝廷要厚待他。这样，王安石死后，被追赠太傅（正一品荣衔）。

司马光如此实诚厚道，也是有缘故的。

很小的时候，大概是在砸缸事件前一两年。有一次，他和姐姐砸核桃吃，核桃仁外面有一层薄皮，吃起来很涩，司马光想剥掉薄皮，去不掉，婢女用热水一烫，皮就剥下来了。恰好父亲司马池走过来，问这皮是谁剥的，司马光说："是我剥的啊！"司马池斥骂道："小子怎么敢说谎！"从此，司马光终生不敢再说谎，后来还把这事写到纸上，鞭策自己。

清代陈宏谋说："司马光一生以诚为本。"的确如此，晚年的司马光，手头比较紧，叫仆人去卖马，他再三叮嘱仆人："这马有肺病，一到夏天就犯了，你一定要跟买主讲清楚！"

仆人有点哭笑不得，跟买主说了实话，还能卖出好价钱吗？

司马光不这样看，一匹马少卖点钱是小事，对买主不诚信，坏了名声，那可是大事。

司马光这一生最大的功绩，是完成了史学巨著《资治通鉴》，他与伟大的史学家司马迁如双子星座，被称为中国史坛的"二司马"。

这部书一共三百万字，一千三百多年的历史，司马光足足写了十九年。他在《进资治通鉴表》中说："日力不足，继之以夜""精力尽于此书"，书名的意思是：鉴于往事，资于治道。

他写这本书差不多是玩命，吃饭让家人送，每天改的稿子有一丈多长，上面全是一丝不苟的楷书，没有一个草字。那时没空调，房子又小，夏天写书简直是受罪，书稿都被汗水浸湿了。为了不至于中暑，他让人在书房里挖了一个大坑，还砌了砖，搞得活像一个坟墓或者说地下室，查资料、写书都在这里进行。

书写成后，光是未用的残稿就堆了两间屋子。他自述因为写这个，费尽了所有的精力，弄得形销骨立，不光眼睛快失明了，牙齿也快掉光了，还得了神经衰弱症，记忆力超级坏，并且感到命不长久，连遗书都写好了。

一千多年过去了，《资治通鉴》还是各大书店的畅销书，坦率地说，这本书很难读，有些人读了几卷，就想睡觉。不过，又不得不承认，这本书史学价值极高，是无数文人学子的必读书。

在宋代，司马光无疑是明星，七岁那年砸缸，使他成为小童星，也成了人们茶余饭后的励志教材。年纪渐长、功成名就后，又反对王安石变法，写《资治通鉴》，成为妇孺皆知的历史人物。

司马光一生清廉，夫人张氏去世，他没钱安葬，"三年清知府，十万雪花银"，这俗语最先就出自宋朝，而司马光呢，好歹担任过要职，当过宰相啊，他没钱，谁信？

当时，他的养子司马康与亲戚主张借钱安葬，还说，无论如何要把丧事办得风光一点，司马光将司马康训了一顿。最后，还是把自己仅有的三顷薄田典当出去，才得以买棺葬妻。

司马光六十七岁去世时，除了屋子里有一张床，枕头边有一卷书，什么都没有，是真正地挥一挥衣袖，只带走两袖清风。

他死后，老百姓是真的很悲痛，自发来送葬哭丧的人，一下子从四面八方涌过来，来了几万人。这些人哭司马光，哭得情真意切，如同哭自己的家人。

此后，老百姓家里都挂着司马光的像。吃饭之前，祭祀一番，成了每天必做的功课。

1. 怎么看待司马光与王安石之间的斗争？

_____

_____。

2. 中国史坛的"二司马"是指司马迁和司马光，司马迁是哪个朝代人？其史学著作的名称是什么？你学过的哪篇课文选自其中？

_____

_____。

3. 司马光是一个什么样的人？

_____

_____。

4. 品味句子"晚年的司马光，手头比较紧，叫仆人去卖马，他再三叮嘱仆人：'这马有肺病，一到夏天就犯了，你一定要跟买主讲清楚！'"中"再三"这个词的好处。

_____

_____。

5. 文章的最后两段是什么写法？有什么作用？

_____

_____。

参考答案：

1. 司马光与王安石的斗争是君子之争，两个人在政见上互相痛恨，在人品与才华上互相钦慕。

2. 西汉，《史记》，《陈涉世家》。

3. 实诚厚道，才华横溢，节俭朴素，为官清廉，深受老百姓爱戴。

4. 再三就是反复，一次又一次的意思，这个词准确地表达出司马光担心仆人为了好价钱向卖主隐瞒实情而不厌其烦地叮嘱，表现出司马光实诚的品质。

5. 侧面描写。通过写老百姓对司马光的真切的哀悼及挂像祭祀，写出了司马光高贵的品质及其高尚的人格魅力。

"小事"影响颜真卿

唐代大书法家颜真卿五十四岁时，其兄颜允南去世，在《颜允南神道碑铭》一文中，他感念兄长教诲，不无深情地回忆了一件"小事"。

那时颜家养有一只折断了腿的鹤，年少的颜真卿不懂事，练字时用毛笔在断腿鹤的背上乱涂乱画。大他十五岁的兄长颜允南见到后，语气严厉地教训他："此虽不能奋飞，竟不惜其毛羽，奚不仁之甚欤！"断腿鹤就像落魄之人，一个人身处窘境时，也是心理最脆弱的时候，这时候被雪上加霜地踹上一脚，是多么令人心寒啊。

按颜真卿自己的说法，这件事使他终生铭记，对其为人处世影响深远，唐玄宗遭难，他独当一面，就是一例。

公元七五五年，安禄山造反，如入无人之地，仅用三十多天就攻占了东都洛阳，刚从温柔乡中醒来的唐玄宗不由伤心叹息："河北二十四郡，竟无一忠臣！"这时有人来报，说河北尽陷，只有颜真卿镇守的平原城没有损失。唐玄宗这才开始关注颜真卿，说：朕不识真卿久矣！其实他这时候真的连颜真卿长什么样子都不知道，《旧唐书》就是这么说的："朕不识颜真卿形状如何，何为得如此！"

唐玄宗觉得意外，也许还心中有愧：我对你颜真卿并不怎么样啊，你竟然为我如此卖命！

颜真卿却不这样看，他认为皇上对自己有恩，哪怕这恩只似滴水，也当涌泉相报，再加上，此时的皇上和一只断腿鹤有何差别呢？看来，小时候那件小事对他的影响不可小觑。

颜真卿最终被奸臣卢杞算计，由卢杞提议去安抚叛将李希烈，明摆着就是将他送入狼窝，他却慷慨赴行。颜真卿劝李希烈息兵归降，李希烈劝颜真卿助他反唐，颜真卿指着李希烈的鼻子骂道："如果我手中有刀就把你宰了，看你还来不来劝我！"

后来，李希烈派人在院中挖了一个大坑，扬言要把颜真卿活埋，颜真卿极为坦然："死就死，这是我的命！"并自作墓志和祭文，准备以死殉国。李希烈还不死心，又让手下在院子里堆上柴，生起大火，说："你如果还不投降，就自己往火堆里跳吧！"颜真卿当下就往火堆里跳，李希烈的手下连忙扯住了他。就这样，颜真卿既不吃软，也不吃硬。李希烈无法，软禁折磨了他三年，最终将他缢死，死时还骂不绝口，终年七十七岁。

颜真卿不愧为"千古真君子"。

1. 简述影响颜真卿的这件小事及其对颜真卿的影响。

_____

_____。

2. 颜真卿是我国古代最伟大的书法家之一，下面是颜真卿两幅书法作品的片断，说出书体的名称及其特点。

_____

_____。

3. 颜真卿是个什么样的人？

_____

_____。

4. 青少年有远大志向是好事，但是却容易好高骛远，眼高手低，请简要谈谈远大志向与小事之间的关系。

_____

_____。

参考答案：

1. 颜真卿小时在断腿鹤背上乱画遭哥哥严厉教训。这件事情让颜真卿谨记对落魄之人当心怀仁义，故而安史之乱时，颜真卿力拒判军。

2. 颜体。笔画丰满、结构正大、整体气势宏大。

3. 胸怀仁义，忠君爱国，大义凛然，视死如归。

4. 开放试题，言之成理即可。

文人与枣

最初从文学作品中见到关于枣的记载是《诗经》吧，《诗经》里有"八月剥枣，十月获稻，为此春酒，以介眉寿"的句子，人们在翻译时，往往将"剥"翻译成"击打"，其实，"剥"是"落"的意思，可以想见在那个时候，枣是成熟掉落在地上的，人们并不需要击打，击打是人们后来总结出来的经验。

因为日积月累的经验，人们终于摸透了枣树的"犟脾气"：越是被抽打厉害的，来年结果越多，反之，越是未被抽打的，来年结果就越少。因此，民间有"有枣无枣三竿子"的说法。枣树的这种特性，似乎阐释了一个历史的真理：未经磨难，难有成就；磨难愈多，成就越大。

至少，杜甫是一个例子。无独有偶，这位大诗人也写过枣树，他的《又呈吴郎》劝告吴郎不要小家子气，禁止老妇人到他家打枣。诗中写道："堂前扑枣任西邻，无食无儿一妇人。不为困穷宁有此？只缘恐惧转须亲。即防远客虽多事，便插疏篱却甚真。已诉征求贫到骨，正思戎马泪盈巾。"

杜甫漂泊到夔州时，住在成都西郊的草堂里，草堂前有几棵枣树，西邻的一个寡妇常来打枣，杜甫从不介意，只因老妇人衣食无着、无儿无女，枣树就是她的生活来源。后来，杜甫搬家后，把草堂让给亲戚吴郎，吴郎一来就在草堂周围插上篱笆，禁止他人打枣。杜甫就写下此诗来劝告吴郎。"唐朝诗圣有杜甫，能知百姓苦中苦"，诗圣的悲悯情怀，不知会不会感化吴郎？我没到过现在的杜甫草堂，也不知这几棵枣树如今还在不在？

枣树貌不惊人，但枣花蜜是最好的蜜，枣果被称为百果之王，枣木也是良材。

白居易有《杏园中枣树》一诗："人言百果中，惟枣凡且鄙。皮皴似龟手，叶小如鼠耳。胡为不自知，生花此园里？"先是以自嘲语气写枣树丑陋没有自知之明，来到这个世上纯属错误，然而接下来却说："东风不择木，吹煦长未已。眼看欲合抱，得尽生生理"，赞美枣树旺盛的生命力是谁也挡不住的，诗末云："寄言游春客，乞君一回视。君爱绕指柔，从君怜柳杞。君求悦目艳，不敢争桃李。君若作大车，轮轴材须此！"只有忍辱负重的枣树是担负重任的良材。

枣树在鲁迅先生的《秋夜》里最是让人费解："在我的后院，可以看到有两株树，一株是枣树，还有一株也是枣树"，当时的文学批评家李长之指责鲁迅这种写法"简直是堕入了恶趣"，鲁迅讥讽他为"李天才"，言外之意：李长之乃天生的蠢材！后来有学者研究出这两株枣树一株象征鲁迅，一株象征周作人，两兄弟隔膜很深，互相孤立；还有人说"一株是枣树，还有一株也是枣树"是作者无聊寂寞心境的外化：连树都是如此单调！鲁迅希望一株是枣树，另一株最好是别的什么树，可另一株树竟然也是枣树！

我却不以为然，枣树，在逆境中顽强地生长，在孤寂中壮大。鲁迅在《秋夜》中还写道："但是，有几枝还低亚着，护定他从打枣杆梢所得的皮伤，而最直最长的几枝，却已默默地铁似的直刺着奇怪而高的天空"，枣树在先生笔下，其实是黑夜中正义的灵魂，也是先生无声的、顽强的自我象征，这种写法只是表明他对枣树的偏爱，强调自己的人格和立场罢了，这一点，和白居易是相通的。

同时代的郁达夫写有一篇名作《故都的秋》，选入中学语文教材很久了，可惜的是大多数老师没有注意这篇文章中关于枣树的描写，"北方的果树，到秋来，也是一种奇景。第一是枣子树；屋角，墙头，茅房边上，灶房门口，它都会一株株地长大起来。"

这段文字看似闲笔，其实颇具深意，枣树不择地点的顽强生长，随遇而安，不就是郁达夫颠沛流离又不甘沉沦的生活写照吗？

当下，不少名家的作品中出现了枣树的影子，比如叶兆言的《枣树的故事》，似乎是先锋小说的路子，枣树在其中只是一个道具，在文中闪烁不定，让人有些看不懂了。

相比而言，我还是更喜欢苏东坡笔下的枣树："簌簌衣襟落枣花"，米粒大小的黄绿色枣花轻轻飘落衣巾，若有若无，好像柔软的"绿色雪花"，只有敏感的诗人才能用心灵捕捉它落在衣巾上的声音。

现在热衷繁华与高贵的人们，会欣赏娇艳的桃李、美艳的玫瑰、名贵的兰花，对卑微的枣花就少有留意的了。

1. 作者详细叙述了五个文学作品中的枣树，概括其特征。

_____

_____。

2. 下面是苏轼的《浣溪沙·簌簌衣襟落枣花》：
簌簌衣巾落枣花，村南村北响缲车，牛衣古柳卖黄瓜。
酒困路长惟欲睡，日高人渴漫思茶。敲门试问野人家。
请说出词中的时令，和作者的感情。

_____

_____。

3. 谈谈本文的语言特色。

_____

_____。

4. 最后一段在文中有什么作用？

_____

_____。

参考答案：

1. 杜甫《又呈吴郎》中的枣树，诗人悲悯情怀的载体；白居易《杏园中的枣树》中的枣树，忍辱负重；鲁迅《秋夜》中的枣树，黑夜中正义的灵魂，也是鲁迅先生无声顽强的象征。郁达夫《故都的秋》中的枣树，随遇而安；苏轼《浣溪沙》中的枣树，苏轼用心感受农村生活的载体。

2. 暮春初夏。作者对农家生活和农村风景的喜爱之情。

3. 叙事简明，语言平实，旁征博引，富于哲理，说理透彻。

4. 通过将现在人喜欢的娇艳的桃李、美艳的玫瑰、高贵的兰花与卑微枣花对比，表现了作者对枣花的怜惜之情，体现了作者的文人情怀，收束全文，又意犹未尽，达到了言尽而意无穷的效果。